Clara Viebig

Naturgewalten

RHEIN-
MOSEL-
VERLAG

2. Auflage 2007
RHEIN-MOSEL-VERLAG
Bad Bertricher Straße 12 D-56859 Alf
Tel. 06542/5151 Fax 06542/61158

ISBN 978-3-929745-33-7
Ausstattung: Cornelia Czerny
Umschlag-Aquarell: Regina Melsheimer
Druck: Siebengebirgsdruck, Bad Honnef

Der Text entspricht, außer geringfügigen orthographischen Korrekturen, dem der Ausgabe von 1922 (16.-18. Auflage), verlegt bei Deutsche Verlags-Anstalt Stuttgart und Berlin.

Clara Viebig

Naturgewalten

Geschichten aus der Eifel

RHEIN-MOSEL-VERLAG

Inhalt:

Der Lebensbaum

Die mächtigen Kehren der Bergstraße, die in kunstvoll angelegten Windungen vom Eifelplateau zu Tal führt, kam ein Mädchen herab.

Die Welt war in Mondschein getaucht. Unruhig zitternde, züngelnde Schatten warfen die im herbstlichen Nachtwind bebenden Ebereschenbäume am Straßenrand auf das bläulichweiße, hart wie Metall schimmernde Band der Chaussee. Zur Rechten, tief unten, in den am Tag noch grünen, jetzt seltsam fahl gefärbten, kulissenartig ineinander geschobenen Schluchten, blitzte wie blankes Silber der sich siebenmal windende Wildbach. Man hörte ihn bis zur Höhe der Chaussee herauf rauschen und gegen die Steine schlagen, die, vom ewigen Anprall rund gewaschen, sein Bett füllten.

Von links her, von der mächtigen Ley, deren uralte Kraterwände, dem erhellenden Himmelslicht zum Trotz, schwarz blieben wie in finstrer Nacht und von ihrer erstarrten Lava das Mondsilber abschüttelten, jammerten Vögel. Das Raubgeschrei der Falken und Bussarde war verstummt, aber Eulen und Käuzchen mit langgezogenem ›Huhuh –‹ mischten ihre Stimmen unter das Pfeifen der Fledermäuse.

Aus beengter Brust zittrigen Atem schöpfend, blieb Anna Maria Katzvey stehen. Jesus, war der Weg weit! So weit war der ihr sonst nie erschienen. Wäre sie doch nur schon unten im Tal, wo die niedlichen Häuser des Bädchens wie Spielzeug um die Heilquelle stehen! Dort unten – ach ja – bei der letzten, der weißen Villa – dort, wo der Garten am Hang hinauf grünt – wäre sie nur schon dort!

Mit unruhiger Hand fuhr sich die Junge über die gebräunte, niedrige Stirn. Nässe perlte darauf, aber es war nicht Tau der Nacht, es war kalter Schweiß. In einem plötzlichen Bedenken zogen sich ihre Augenbrauen zusammen: wenn's der Herr Pfarrer wüßte! O je, der käme gleich mit Strafe und Fegfeuer für die arme Seele – – ach was, keine Sorge, dafür betete man fleißig den Rosenkranz! Eine Abhilfe mußte geschafft werden, sonst – –

Als verwirre ihm Angst den Blick, so schaute das Mädchen verstört um sich. Wenn's nun nicht mehr zu verbergen ging! Wenn die Tant' sie bei den Haaren riß und ausschimpfte, wenn die Leute im Dorf nach ihr guckten – o, schon alle Nacht sah sie die neugierig-hämischen Gesichter – wenn die Kameradinnen sie auslachten?! Nein, nein! Eine Abhilfe mußte geschafft werden,sonst lieber ins Wasser! Aber das Wasser ist so kalt – huh – und so naß, das Sich-Ertränken so schwer, wenn man erst zwanzig Jahre alt ist! Da war's doch besser, man suchte sich eine andere Abhilfe. Ei, und wem schadete die denn? Niemandem geschah ein Unrecht, niemandem ein Leides –

»O Jeß!« Mit einem erschrockenen Aufkreischen fuhr das Mädchen zusammen. Was war denn das für ein Wimmern?!

Am ganzen Leib zitternd, den Hals vorgestreckt, lauschte Ammei. Horch, wieder das jammernde Rufen! Wer tat das?! Aber dann besann sie sich: je, das war ja nur ein Käuzchen! Oben um die Ley flatterte das oder hockte in einer Felsspalte.

»Haal' dei Maul!« Sie drohte hinauf und versuchte dabei zu lachen; aber das Lachen gelang ihr nicht, sie war doch zu erschrocken. Ihre Knie zitterten, schwer lehnte sie sich an den nächsten Baum, der, von einer Last korallenroter Beeren überschüttet, müde seine Äste senkte.

Ah – Ammei guckt zu der Eberesche hinauf – die wäre auch froh, wenn sie ihre Last los würde! Und sie rüttelte hilfsbereit.

Aber kein Schauer ging nieder, fest blieben die Beeren droben haften, obgleich der Baum ihrer müde war.

Ein Zorn überkam sie darob, eine wahre Wut. Mit geballten Fäusten stieß sie sich gegen die Brust:

»O du dumm Mensch!«

Und dann fing sie plötzlich an, jämmerlich zu weinen.

Ach, was war sie doch für eine unglückliche Person, daß sie nun hier rennen mußte in der toteinsamen, bitterkalten Herbstnacht, statt daheim im warmen Bett zu schlafen! Ach, ihren guten festen Mädchenschlaf hatte sie nun nie mehr! Mitten in der Nacht schreckte sie nun etwas auf; sie wußte nicht, was das war, aber sie mußte auffahren, sich steil hinsetzen und die nackten Arme um die kalten Knie schlingen. So mußte sie oft sitzen, Stunde um Stunde – die in Falten gezogene Stirn tief gesenkt – so lange, bis die Hähne krähten und das Morgenlicht durchs Fensterchen dämmerte. Ach, und dann war sie am Tage so müde, das Kreuz war ihr steif, die Lenden waren lahm; das Rübenhacken im Taglohn, das Kartoffelausbuddeln und das Futterschneiden fürs Vieh waren ihr so blutsauer!

Und wie sollte das noch weiter werden?! Wenn Martini ins Land ritt, wurde gedroschen beim Bauer; wie sollte sie wohl dann den schweren Flegel regieren?! Wie ihn niedersausen lassen mit steifem Arm, – der Rücken kriegt einen Ruck und der ganze übrige Körper mit – daß unterm kräftigen Schlag die gelben Körner aus den Ähren springen und die Erbsen aus ihren Schoten, daß ein Tanzen anhebt von Staub und Frucht und Spreu auf der Tenne bei Dreschmusik, immer im Takt?! Und wenn sie das auch wirklich noch vor sich brächte – mit zusammengebissenen Zähnen, unter heimlichen Stoßseufzern – wie sollte es dann werden?! Später – ja später?!

Ei, dann war's erst recht schlimm! Dann wurde nichts aus dem schönen Plan, sich zu verdingen hinunter ins Bädchen, um den Fremden, die im Sommer zur Quelle kommen und reiches Trinkgeld zahlen, aufzuwarten, um sich endlich ein neues Kleid kaufen zu können, einen Hut mit Rosen und eine Brosche für den Sonntag, die aussieht wie Gold. Wenn sie sich nun vermietete für die Saison, mußte sie doppelt und dreifach um die Gäste herumschwänzeln, mußte ihren derben Tritt dämpfen, daß er sich anhörte wie auf Sammetpantoffeln, mußte in einem fort ›Was gefällig‹ und ›Wie beliebt‹ stammeln, mußte knixen und freundlich den Mund ziehen, wenn sie lieber geweint hätte – denn sie mußte viel, sehr viel Trinkgeld verdienen. So ein Wurm kostet Geld, niemand nimmt das umsonst in Pflege; die Tant' erst recht nicht, die wollte sich doch dran bereichern. Alt und steifknochig war die, konnte selbst nichts mehr erwerben, nun würde die immerfort die Hand ausstrecken: ›Geld! Schnaps! Wecken!‹ Da ging denn der ganze Verdienst drauf, da blieb ihr selbst nichts, kaum das Hemd auf dem Leibe!

Schauernd hüllte sich Ammei fester in ihr Tuch. Das Körbchen, das sie am Arme trug, als ginge sie wie sonst wohl an den Feiertagen zu Einkäufen hinunter ins Bad, entglitt ihr und kollerte ins Gras. Die Hände vors Gesicht schlagend, sank sie nieder am feuchten Rain und lehnte in ohnmächtigem Schmerz den Kopf hintenüber an den Meilenstein.

Ach, daß man auch eine vergnügte Stunde so bitter büßen muß! Wär' nur der Sonntag nicht gewesen, jener warme Sonntag auf Peter und Paul, an dem im Nachbardorf Tanzmusik fiedelte und aus der ganzen Gegend, von weit her, die Mädchen zuströmten, um die Urlauber daselbst tanzen zu sehen.

Auch sie war mit einer Kameradin hingegangen durch die Felder, über deren junge Ähren der Frühsommerwind strich, durch die blühenden Lupinenbreiten, deren goldne Farbe die goldne Sonne noch goldner machte. Durch all den starken Duft der befruchteten Erde waren sie gelaufen, lachend und spaßtreibend, voller Erwartung aufs kommende Pläsier.

Wenn man die ganze Woche Werkeltag hat, genießt man den Sonntag doppelt, kostet ihn ganz aus mit allen Sinnen.

Sie hatten sich untergefaßt und zu singen angefangen, aber die Lust auf den Tanz, das Schäkern und Lachen hatte ihnen den Atem genommen, sie konnten nur noch kurze, helle Juchzer ausstoßen. Und dann waren sie hingerannt mit flatternden Röcken, gerannt, gerannt, daß nur keine zu spät kam.

Ammei hatte auch einen Tänzer gefunden. ›Wilhelm‹ hieß er und ›lieb‹ war er; das genügte ihr, nach weiter fragte sie nichts. Sie tanzten den ganzen Nachmittag miteinander, und er bestellte ihr Kuchen und Bier und Schnaps, sogar ein Viertel Wein. Sie war berauscht – nicht vom Getränk, vom Glück.

Als es Abend ward und in der dunstigen Wirtsstube zum Ersticken heiß, waren sie, gleich den anderen Paaren, draußen umherspaziert. Die Luft war schmeichlerisch, die Grillen zirpten, lockend-vertraulich.

Durch die weichdunkle Sommernacht schlichen die Paare; mancher Bursche wankte, sein Mädchen mußte ihn stützen. Auch Ammeis Wilhelm war nicht mehr nüchtern – oder war es die Liebe zu ihr, die sie aus seinen Blicken glänzen sah, und die sie aus seiner Rede hörte?

›Mädche, wat bis du lief!‹

Sie hatte noch nie so viel zärtliche Worte zu hören gekriegt. Den heißen Kopf dicht an ihren heißen geschmiegt, den Arm verliebt um ihre Hüfte gelegt, schlenderte er mit ihr abseitige Wege – – –

– – – »Jesses, Jesses, wat waoren ech esu dumm!« stöhnte jetzt die am feuchtkalten Rain Zusammengekauerte und stützte den bleischweren Kopf mit beiden Händen. Aber wer hätte denn auch gedacht, daß es so ein böses Ende nehmen würde?! Wo der Wilhelm jetzt wohl war? Bei den Soldaten! Das wußte sie, mehr aber auch nicht. Von hier herum war er nicht zu Haus, nicht einmal seinen Vatersnamen hatte sie im Nachbardorf erfahren können; und weiter zu forschen getraute sie sich nicht. Da müßte der König ja alle seine Soldaten vor ihr aufmarschieren lassen, bis sie den einen, den richtigen, herausfand. Nein, auf den Vater durfte sie keine Hoffnung setzen, sie, sie ganz allein hatte die Last am Hals!

Ihr jämmerliches Weinen ging in ein lautes Heulen über. Das Nachtgetier an der Ley verstummte, selbst das Rauschen des Wildbachs und das Wehen des Windes war nicht mehr hörbar. Einzig allein dies laute Geheul erfüllte die Natur.

»Ech will net! Ech will net!«

Ammei stieß mit den Füßen. Und dann raffte sie sich auf: schnell gemacht, nicht länger gezögert, schnell hinunter ins Bad, schnell! Hin durch den schlafenden Ort, hin zu der letzten, der weißen Villa, wo der Garten den Hang hinauf grünt, wo hinter dem Gitter, auf dem Rasenplatz – – – – ah, wenn's auch nur wirklich wahr war, was das Bäbbchen ihr gesagt hatte?! Wart, wenn die gelogen hätte, die sollte fühlen, was Prügel sind!

Aber die hatte ja nicht gelogen, zugeschworen hatte die es ihr, anvertraut nach hochheiligem Schwur und Handschlag, daß sie selber schon einmal dort gewesen sei. Gott sei gelobt und die Gebenedeite auf dem höchsten Thron! Was sollten denn auch sonst wohl die armen Mädchen anfangen? Ihr ganzes Leben hat sonst so eine verspielt; und kriegt sie trotzdem doch noch einen Mann, und ist der auch noch so umgänglich, vorgeworfen kriegt sie's am Ende doch, nicht nur im Streit, auch schon, wenn er nicht guter Laune ist!

Sie faltete krampfhaft die Hände und bewegte murmelnd die Lippen: »Gegrüßet seist du, Maria, Gebenedeite unter den Weibern« – –

Beten, nur beten; fleißig beten dabei! Ammei fühlte das Bedürfnis, sich des Beistands der gesegneten Jungfrau zu versichern. Und sie betete. Aber ruhiger wurde sie nicht dadurch. Sie ärgerte sich über ihre Schreckhaftigkeit; der eigene trappsende Schritt auf der steinernen Härte der Chaussee flößte ihr Furcht ein. Immer wieder blickte sie scheu zurück: folgte ihr nicht jemand? Aber nur die mächtige Ley dräute ihr finster im Rücken. Warum ihr das Herz nur so pochte? So wild hatte es ja nicht einmal gepocht, als die erste, die schreckliche Ahnung in ihr aufgedämmert war. Und jetzt stand es gar still in eisigem Schreck.

»Huhuh!«

So hatte es ja nicht einmal stillgestanden, als sie – nach durchwachter Nacht – beim Morgengrauen im Bett aufgesessen und mit verweinten Augen sich ihres Unglücks wirklich und wahrhaftig bewußt geworden war.

»Huhuh – huhuh!«

Schon wieder?! »Jessesmaria!«

Das immer rascher dahinschreitende Mädchen schlug zitternd ein Kreuz. Wie graulich die Käuzchen schrien! Nicht bloß eines, nein, ihrer drei, vier; rechts, links, vorn und hinten.

Sie waren von der Ley herabgeflattert und wischten nun mit lautlosem Flug durch die Bäume der Straße.

Was wollten die Unglücksvögel? So jammern sie doch sonst nur, wenn sie den Tod ansagen! Sollte, mußte einer sterben? Und wer denn, wer?!

»Huhuh – huhuh – huhuh!«

Nein, das war nicht mehr anzuhören! Ammei glaubte den unhörbaren Flügelschlag schon gespenstisch an ihrem Gesicht zu fühlen; unerträglich wimmerte der unheimliche Ruf. Eisige Schauer liefen ihr über den Leib. Sie vergaß das Kreuzschlagen. Sich die Ohren zuhaltend, rannte sie davon, wie auf der Flucht, im Trab hinunter zu Tal.

– –

Das Bädchen lag in tiefer Ruhe. Die schönen Villen an seinem Eingang hatten die Läden fest vorgelegt; auch aus den Dorfhäuschen, die sich in einer gestreckten Linie durchs schmale Tal ziehen, schimmerte kein Licht. Sie alle, die darin wohnten, hatten sich während der Saison weidlich plagen müssen; nun waren die letzten Fremden des Herbstes entflohen, und sie dämmerten allmählich in den Winterschlaf hinüber. Zudem war's jetzt Nacht.

Das verstörte, scheu um sich blickende Mädchen, das jetzt durch die Gasse huschte, brauchte kein neugieriges Auge zu befürchten. Wie ausgestorben, wie verzaubert lag der kleine Ort im Mondenschein. Auf dem spitzen Dach der Kirche, die, stattlich, ein wenig erhöht, den Flecken beherrscht, glitzerte jeder Schiefer gleich einem Riesendiamant. Auch das Wasser des Wildbachs glitzerte; aus den Kaskaden, in denen er dahinrollte, sprühten tausend Brillanten. Schwer lag der versilbernde Reif der Herbstnacht auf den braunen Blättern der Bäume, und der Bergwald, der zwischen Häusern und Kirche hereinlugte, zeigte um seine runden Buchenkronen eine schimmernde Aureole.

Das einzig Dunkle im silberbeschütteten Nest war die Gestalt, die, ins Tuch vermummt, als schwarzer Schatten flüchtig dahineilte.

Gelobt sei die heilige Schutzpatronin! Aufatmend drückt Ammei die Faust gegen das heftig pochende Herz. Jetzt war's bald geschafft, die Straße zu Ende, deren gedrängte Häuser zu passieren, ihr das schwerste gedeucht hatte. Nun links herum!

›Linksom,‹ hatte das Bäbb gesagt, ›on dann ebbes dän Berg eruf, on dann bei der grußen Kerch rechtsom. On lao stieht die Filla, dau kanns net fehlen. On dann giehste bei't Gitter, on kuckst, ob dat Dührche offe stieht, on wann et eweil net offe stieht, dann steigste öwer dat Gitter. Noren Kurasch, dau wills ja net stehlen!‹ So hatte das Bäbb gesprochen; aber mitkommen hatte sie nicht gewollt, obgleich die Kameradin sie vielmals gebeten hatte.

Nun, soweit war ja alles nach Vorschrift gegangen – linksum – rechtsum – da war die Villa! Aber die Courage fehlte.

Da war das Gitter – da war der Garten, der den Hang hinauf grünt – da war der Rasenplatz – und da, ganz nah, mitten im vollsten Mondesglanz, er, um deswillen sie hierhergeeilt war in Bangen und Hoffen, in Fürchten und Glauben – er, der Baum, der lebendig bleibt im Winter wie im Sommer, er, der ins Eifelland gekommen war von Gott weiß woher!

Dort stand er, ein wenig erhöht auf silberhellem Rasen – kein Busch, kein anderer Baum rundum – und reckte seine nach oben gerichteten Äste, die nicht Blätter, nicht Nadeln tragen, deren tiefes Dunkel das Licht nicht erhellte, schwarz und unbeweglich gegen die blanke Mondscheibe.

Heftig atmend, die Brust gegen das trennende Gitter gepreßt, stand Ammei und stierte und starrte.

Ah, der Baum! Wer davon trank, von seinen Zweigen einen Tee kochte – schwärzlich sollte der aussehen und bitterer schmecken als Galle und langsam durch die Kehle rinnen, klebrig wie Tannenharz – wer davon trank, wacker den bitteren Trank nicht scheute, der wurde der Last ledig.

›Fürwaohr on enklich, bei meiner ewigen Säligkaat, esu es et,‹ hatte das Bäbb geschworen.

Der Last ledig – – –!

Ammei streckte begehrlich die Hände aus und maß mit prüfendem Blick das den Garten abschließende Eisenstaket. Das Pförtchen war geschlossen, aber hoch war das Gitter ja nicht, da traute sie sich leicht hinüberzukommen. Und doch hob sie noch nicht den Fuß, um einen Stützpunkt zu suchen zum Hinüberklettern, – vor ihren Ohren wimmerte wieder der Käuzchenschrei, jener klagende Ruf des Totenvogels. Horch – wer sollte sterben, wer?!

Die Zähne schlugen der Einsamen aufeinander. Durch die Nacht, von irgendwoher – kam es vom Himmel, aus der Erde hervor, mit dem Nachtwind vom Bergwald, empor aus dem Wildbach? – drang ein Weinen, ganz leise.

Dem abergläubischen Mädchen sträubten sich die Haare. Huh, wer weinte da?! Alle Spukgeschichten, die es jemals gehört hatte, fielen ihm ein. Jesus, da drüben im Bergwald, da, wo die Leyen wie Fratzen über die Buchenkronen ragen, da, wo der große

Suterwald anfängt, da hauste der Sutermichel! Da ging er um. Der konnte die Stimme verstellen, weinen wie ein hilfloses Kind – nur nicht auf den hören!

Wie vorhin beim Käuzchenschrei, so hielt sich Ammei die Ohren zu und kniff auch die Augen zu in einer großen Angst. Sie fühlte, wie aus ihren Wangen alles Blut entwich. Sie wollte wieder beten und konnte nicht, wollte wenigstens ein Kreuz schlagen, aber auch das konnte sie nicht; nur so viel Kraft hatte sie übrig, um mit ihren eiskalten Händen das Gitter zu umklammern. Sie hielt sich daran fest, denn ihr schwindelte.

Durch die dumpfe Leere ihres armen Kopfes schossen schauerliche Vorstellungen in überwältigendem Gedränge: wenn der Sutermichel nun kam, wenn er sie packte?! Horch, das Wehen! Vom Bergwald herunter pustete wer! Die Blätter zitterten vor Angst. Jesus Maria, nur fortlaufen, rasch! Aber nein, nein, sie mußte ja bleiben – vom Baum pflücken, vom Baume!

Mit aller Willenskraft die Augen aufreißend, suchte Ammei dessen tröstenden Anblick. Und wie sie ihn so recht ins Auge faßte, schwand plötzlich der Spuk und auch ihre Angst. Jetzt hätte sie lachen mögen: so einfältig war's, sich zu fürchten! Vor was denn? Nun war sie ja hier am ersehnten Ort, hier stand ja der Baum, der nicht seinesgleichen hatte im Eifelland – gepriesen sei er! Schnell hin und gepflückt, von den Zweigen ins Körbchen gesammelt, und dann geschwind heimgelaufen, den Tee gekocht und – hei – getrunken!

In einem plötzlichen Entschluß, wie angefeuert zu Mut und Tatkraft, packte Anna Maria Katzvey das Gitter fester, gab sich einen Ruck, einen Schwung – plumps – da lag sie, schwer wie ein Mehlsack jenseits auf dem Gartengrund. Aber sie hatte sich nicht wehgetan; wohlgemut stand sie auf und ging rasch, mit federnden Schritten, auf den Baum los.

Sie zitterte vor Freude: jetzt, jetzt hatte sie ihn!

Nah, schon ganz nah war ihr der schlanke Stamm, der sich tannengerade ins Mondlicht reckte, nur die Hände brauchte sie auszustrecken – so! Zu greifen – o weh! Ihr Arm war nicht lang genug. Ein gut Stück über ihrem Kopf fingen erst die untersten Äste an. Die hatten ursprünglich viel weiter hinabgereicht, aber

– abgeschnitten, abgeknickt, abgerissen fehlten sie jetzt alle, alle! Nur dürr herausstehende Stümpfchen zeigten an, wo sie einst gewesen waren.

Mit offenem Mund starrte das enttäuschte Mädchen. Und dann machte es einen Sprung, tölpisch in Hast und Ungestüm, und dann noch einen und noch einen höheren. Ein derbes Schimpfwort drängte sich durch die zusammengebissenen Zähne, ein verzweifeltes ›Jessmarijusep‹ folgte.

Aber unerreicht blieben die untersten Äste des Lebensbaumes; in seltener Höhe hob sich die Zypresse und ließ um ihren zugespitzten Wipfel das Mondlicht zittern.

Sprünge folgten auf Sprünge. Die haltenden Nadeln, der Pfeil flogen aus Ammeis Haar, die Zöpfe fielen lang über den Rücken und hüpften mit bei jeglichem Sprung. Bald lösten sich Strähnen. Die Röcke flatterten.

Das war ein Keuchen und Jappen, ein Recken und auf die Zehen heben, ein Langen und Haschen und Greifen und doch in die leere Luft Fassen. Aus der Sehnsucht war die Gier geworden: sie mußte vom Baume haben, sie mußte!

Wild sah sich Ammei um. Aber ihr Blick galt nicht der weißen Villa, von der aus der Wächter, der Haus und Garten behütete, nun die Herrschaft wieder in der Stadt war, sie gut hätte sehen können; er galt auch nicht dem Weg, den, das Gitter entlang, ein spät aus dem Wirtshaus Heimgehender leicht passieren konnte. Sie horchte nicht wie vordem ängstlich auf jedes Geräusch, hörte weder das Rufen der Käuzchen, noch das leise Weinen, noch das mahnende Wehen vom Bergwald – sie sah, hörte, fühlte, begehrte nur: vom Baume.

Schweiß und Tränen liefen über das erhitzte Mädchengesicht.

»Hilf, Maria, Benedeite, hilf! Verflixter Baum, vermaledeiter Baum, ech ruppen dech kurz on klein, ech schlaon dech kapores!«

Wütend packte sie den Stamm und rüttelte ihn, aber kein einziges Zweiglein starren Grüns fiel herab, und die zähen Wurzeln hafteten wie mit Eisen festgeklammert im Erdreich.

Da gab sie das Rütteln auf und das Hämmern mit den Fäusten gegen seine Rinde. Auf die Knie sinkend hob sie flehend die Hände:

»O du heilige Jungfrau, Gebenedeite unter den Weibern und gebenedeit die Frucht deines Leibes – laoß e Blättche nidderfaalen! Noren eins, noren ein einzig Blättche, ech bitten dech!«

Aber kein Blättchen fiel. Wohl aber fiel Tau – gleich Tränen – schwer und hörbar niedertropfend, auf die Kreatur.

Langsam rutschte der Mond tiefer auf seiner Bahn; dumpfe Schläge der Kirchenuhr dröhnten durch die Mitternacht. Da ließ sich plötzlich ein behutsamer Tritt vernehmen. Und nun noch einer! Trippelnde leichte Mädchenschritte waren es.

Die am Stamm der Zypresse in tiefer Niedergeschlagenheit Kauernde hörte sie nicht, sah nicht, daß jemand nahte. Auch sie ward nicht gesehen; über ihre Gestalt hinweg hefteten sich wiederum begehrliche Blicke auf den hilfreichen Baum.

Zwei Mädchen standen jetzt am Gitter: eine hübsche Schlanke und eine, deren noch nicht bis zu den Knöcheln reichendes Röckchen und das vom runden Kamm zurückgehaltene, kurzverschnittene Haar die kaum Halbwüchsige verrieten.

Die Augen in dem runden Kindergesicht funkelten. Das war ein Spaß! Gestern schon war sie hergeschlichen, um für die große Schwester vom Baume zu holen, aber wenn sie, die Luzia, auch gut klettern konnte, bis ans Grün war sie doch nicht hinauf gekommen. Immer wieder war sie den Stamm hinuntergerutscht. Aber heut würde es glücken – hurra – heut hatten sie ja eine Leiter!

»Helf mer doch, helf mer doch,« wisperte die Große ungeduldig und lud sich die Leiter auf den Rücken. Sie lupften beide. Und die Kleine überlegte dabei: warum eigentlich die Lisa nur durchaus und durchum von dem Lebensbaum haben mußte?! Wollte sie einen Kranz davon winden, vielleicht für ein Grab? O je, darum brauchten sie doch nicht so heimlich zu schleichen!

»Lisa, saog ehs, en Tee willste dervon kochen, es't waohr? Für wat dann? Lisa, saog!«

Aber die große Schwester fuhr sie an: »Biste still!«

Und dann mühten sie sich. Geschwind genug rutschte die Leiter übers Gitter, aber trotz aller Vorsicht rumpelten die Holzsprossen auf den Eisenstäben.

Ammei unterm Baum horchte auf: wer, wer war da?! Und jetzt merkte sie's: ei, da waren ihrer zwei mit einer Leiter! Die wollten wohl auch vom Baume?!

»Hä!« Sie richtete sich schnell auf.

Mit einem unterdrückten Kreischen wichen die Schwestern zurück und ließen ihre Leiter fallen; aber nur im ersten Schreck, denn als die große Lisa die so störend Aufgetauchte näher ins Auge gefaßt hatte, huschte ein pfiffiges Lächeln um ihren Mund: aha, auch eine! Ei, vor der brauchte man keine Angst zu haben!

Ungeniert machte sie sich daran, ihre Leiter zu richten. Die Kleine kroch behend hinauf, während sie die auf abschüssigem Sand rutschende Leiter hielt.

Ammei stand dabei mit gierenden Blicken. Nun streckte sie die Hände aus – ah, ein Zweiglein fiel, und noch eins, und noch eins! Die Kleine oben verstand wacker zu rupfen. Jetzt – hei! – jetzt fiel ein ganzer Strauß nieder.

Wie die Wilden stürzten beide Mädchen drüber her.

Lisa vergaß die rutschende Leiter, Ammei ihre Scheu. Beide rafften und rafften. Heiß vom vielen Bücken und mit hochwogender Brust standen sie sich dann gegenüber.

»Haste eweil genug?« fragte Lisa.

Und Ammei antwortete, nach einem befriedigten Blick auf ihr bis zum Rande gefülltes Körbchen: »Jesses, dat waor äwer gescheid, ihr Mädercher, dat ihr en Leiter gehaot hatt!«

Und dann von einem lebhaften Dankgefühl bewegt – was hätte sie machen sollen, wären die nicht gekommen?! – streckte sie die Hand hin: »Seid aach villmals bedankt!«

»Kein Ursach!« Und dann pfiff die große der kleinen Schwester: »Komm eweil erunner, Zeih! Mir haon des eweil genug! Laosse mir dän annern aach noch ebbes üwrig!«

»Dän annern?!« Ammei riß die Augen auf, sie war erstaunt: begehrten denn noch viele andere vom Baume?!

»Olau!« Die hübsche Lisa lachte. »Duh sein derer mieh, als mer denkt! Net bloß hei zu Land – wat zweifelste? – nä, üwerall! Ech haon als des Grün nach der Stadt geschickt an en Bekannte, on widder an en Bekannte von der – ech saon der: dat hei gedrunk, es dausendmaol besser, als all die annren Middelcher, die gebraucht gänn!«

»Maanste, maanste wirklich?«

»Ech schwören druf!«

Da fing Ammei, angesteckt von der heiteren Zuversicht der anderen, sich an zu freuen. Vergnügt wurde sie und zutraulich.

Flüsternd kamen sie beide ins Schwatzen, und die Halbwüchsige, die derweil vom Baum herabgeklettert war, stand dabei und hörte zu mit neugierig gespitzten Ohren. Sie hätte wohl noch länger geschwatzt, aber ein Geräusch störte sie. Es kam nicht aus der Villa, auch war es nicht das Knurren eines Hundes. Ein unterdrücktes Schluchzen war's, und ein Seufzen, in der Stille der Nacht schon von weitem vernehmlich. Und dann ein mahnendes ›S–st–‹ und ein ungeduldig flüsterndes Zureden.

Noch war niemand zu erspähen – aber jetzt!

Um die Ecke des Gäßchens bog ein Paar: ein Bursche und eine Frauensperson. Er zog sie, und sie widerstrebte und schluchzte dabei aus tiefster Seele. Aber sie ließ sich doch ziehen. Stracks kamen sie auf den Garten zu.

»Hau,« wisperte Lisa und drückte sich hinter den Baum, »die kommen heihin. Ech kennen se net – se sein net von hei – äwer ech möchten doch net in dem Mannsbild sei Maul. Zeih, wit, mit! Eweil gitt et strawättzt!« Und die jüngere Schwester mit sich reißend und ihre Leiter im Stich lassend, huschte Lisa davon, mit der Örtlichkeit wohl vertraut, rasch hinter den Büschen des Gartens verschwindend.

Ammei stand verdutzt: was, wie? Kam denn die ganze Welt heut zum Baume?!

Überall glaubte sie Wispern zu vernehmen und schleichende Tritte von allen Seiten. Unwillkürlich gab auch sie Fersengeld. Mit einem Anlauf sich über das Gitter schwingend, setzte sie an dem erschrockenen Liebespaar vorüber und jagte davon wie ein Wild, das ein Schuß geschreckt hat.

Erst als sie gänzlich zum Ort hinaus war, hielt sie an. Ihren Korb mit den Zweigen fest an die keuchende Brust pressend, sandte sie einen triumphierenden Blick rundum:

»Heilige Maria, Moddergotts, Königin der Jungfrauen auf dem höchsten Thron – eweil gänn ech et quitt! Gelowt seiste!«

* * *

Schon seit Menschengedenken geht in der Gegend die Sage vom Lebensbaum, von der wunderwirkenden Zypresse im Garten der weißen Villa. Aber nicht immer hilft der erlösende Trank; das mußte auch die Katzvey erfahren. Es dauerte eine ganze Weile, bis sie's begriff, daß bei ihr das Mittel nicht angeschlagen hatte. Längst zeigten die Leute mit Fingern auf sie, da hoffte sie immer noch – hatte sie sich denn von dem abscheulichen Getränk nicht literweise hinabgezwungen, und waren die Zweige zum Tee nicht in hellster Vollmondnacht gepflückt, wodurch der ganz besonders wirksam werden sollte?!

Ach, nun mußte sie sich's endlich eingestehn, daß ihr der Baum nicht geholfen hatte, denn – das Kind war da.

Ein kräftiger Junge war es, der die dünnen Wände der baufälligen Hütte so durchdringend anschrie, daß er nicht zu verheimlichen war. Die Tant' machte zwar zornig: ›Ksch, ksch‹ und bündelte ihn so fest ins Kissen, daß ihm bald der Odem ausging, aber es half nichts, der unerwünschte Gast schrie um so lauter.

Die junge Mutter, die blaß und elend im Bette lag, drehte sich ächzend nach der Wand. Sie mochte das Kind nicht sehen, – nein, nein! Als die Tant' ihr's hingehalten hatte: »Hei haste dän Bankert,« hatte sie es weggestoßen mit letzter Kraft: was ging es sie an?! Sie hätte sich die Ohren verstopfen mögen und den Quell ihrer Brust auch – mochte es krepieren! Und war's nicht das beste, es ging rasch aus der Welt, in die es zu rasch gekommen war?!

Wilde Gedanken durchjagten den Kopf der Wöchnerin. In der Nacht lag sie wie im Fieber. Da sah sie die heilige Jungfrau am Bette stehen; zärtlich blickte die auf das wächserne Jesuskind in ihrem Arm. Aber dann verfinsterte sich plötzlich ihr Gesicht, und sie hob den Finger gegen das Bett – drohte die Heilige?!

In rastloser Unruhe ächzte die Wöchnerin und schlug um sich; das Kind an ihrer Seite schrie gellend, und die Alte humpelte scheltend und verdrossen durch die unwirtliche Stube. – – –

Der kleine Junge – Ambrosius wurde er getauft nach dem Apriltag, an dem er geboren war – schrie noch oft, denn seine Mutter entwöhnte ihn bald, und das Läppchen mit gekautem Brot und ein wenig Zucker, das ihm die Tant' in den Mund stopfte, ersetzte ihm nicht die Muttermilch. Schon zum Mai war Ammei hinunter ins Bad gezogen. Sie hatte sich vermietet, obgleich ihre Füße noch dick geschwollen waren und so weh taten, daß sie oft kaum gehen konnte. Und sie mußte doch gehen, sogar laufen, treppauf, treppab, den ganzen Tag. Das Haus war voll besetzt, bis unters Dach wohnten die Fremden; und die Küche war unten im Kellergeschoß. Ammei weinte oft nachts in ihrer Kammer vor Schmerz und vor Wut über das böse Andenken, das ihr der Balg hinterlassen hatte.

Kam kaum die Sonne über die Waldberge herauf, so hieß es: Stiefel putzen, Kleider bürsten, Wasser schleppen – jetzt zum Brunnenhaus laufen, um den ersten Becher der Quelle für die Herrschaften zu holen – jetzt zum Bäcker nach Frühstücksbrot eilen – jetzt zur Post rennen, denn die Gäste verlangten ihre Briefschaften beim Morgenkaffee – jetzt in der Küche Kartoffeln schälen, Gemüse putzen und Feuerung zutragen, Teller abwaschen und Spülwasser ausschütten, und dieses und jenes, und wenn am Abend alle andren zur Ruhe waren, dann mußten die Flure gekehrt und die Treppen gescheuert werden. Und wenn die Herrschaften dann endlich abreisten, war das Trinkgeld doch nicht halb so groß als die Mühe gewesen war; das Stubenmädchen freilich hatte sich nicht zu beklagen, aber den Laufpudel, den bäurischen Ungeschick, hatte niemand für voll angesehen. Dann weinte Ammei wieder, und zählte die Markstücke und fluchte dem Balg, für den sie ihr sauer erworbenes Geld nun heimschicken sollte. Gern hätte sie etwas davon zurückbehalten, aber die Alte ließ nicht locker, die preßte ihr den letzten Groschen aus. Wenn sie nicht jeden Monat schickte, gleich kam ein Brief, den die Tant' dem Lehrer diktiert, oder sie kam gar selber hinunter ins Bad, – ei, da konnte sie noch wacker laufen!

– spürte der Nichte nach bis in die Küche und machte ihr da ein beschämendes Aufgebot. Bald war dieses, bald jenes für das Kind nötig – immer für das Kind – mußte denn der Balg es haben wie ein Prinz?!

Verdrossen schlorrte Ammei eines Sonntags, Ende der Saison, hinauf in ihr Dorf. Sie wollte auch fürder drunten im Bad bleiben – die Madam war zufrieden mit ihr und konnte sie auch winters gebrauchen – so wollte sie nur, ehe der erste Schnee kam, noch einmal nach dem Kinde schauen.

Zur Rechten dräute die schwarze Ley; tief zur Linken donnerte der Wildbach in den Schluchten.

Vom Plateau herunter schnob der herbstliche Eifelwind, fuhr über die Ebereschen am Chausseerand, über die Herbstzeitlosen, deren Blaßlila noch die Matten bestickte, und stöberte der die mächtigen Kehren der Bergstraße schwerfällig Hinansteigenden in Haar und Röcken.

Ammei maulte. Der Weg war ihr lästig und viel zu weit; eine Stunde schon war sie gegangen und eine Stunde noch hatte sie vor sich. Wie ungetrost! Die anderen Mädchen unten im Bad machten sich jetzt die freiere Zeit zunutze und zogen auf den Tanzboden, derweil sie hier rennen mußte. Ein schönes Pläsier das! Und dann oben die gierige Alte und der quäkende Balg!

Sie war so ingrimmig, daß sie ganz vergaß, ihr grünwollenes Kleid, das einzige bessere, das sie besaß – wie soll man sich denn auch etwas Neues schaffen, wenn man alles, jeden Pfennig, hergeben muß? – sorgfältig zu raffen. Sie vergaß sogar, dem Heiligenbild unter dem Schutzdächelchen einen Knix zu machen. Die Brauen finster zusammengezogen, die niedrige Stirn voll krauser Falten, stieg sie bergan.

Sie brauchte mehr denn zwei Stunden, – ihre Füße schmerzten unerträglich – bis sie zu der vom Herbstnebel eingefeuchteten, unter dem verwitterten Strohdach schief zusammengesunkenen Hütte gelangte.

Die Tant' hatte den Besuch nicht geahnt; sie lag im Bett fest zugedeckt und schnarchte und hörte ebensowenig, daß der Säugling in seinen nassen Windeln sich heiser schrie, als daß sie's merkte, wie die Nichte jetzt in der Stube herumstöberte, die leere Flasche von verdächtigem Aussehen auf dem Tisch entdeckte, die Krumen von Rosinenwecken und die Tüten Kaffee und Zucker und das süße Schmierchen im Schrank.

Dem Mädchen war das Blut siedend zu Kopf geschossen: also dafür gab sie ihr schönes Geld her, daß die Tant' schlemmte und schleckerte und sich's so wohl sein ließ, wie noch nie in ihrem Leben?! Wo war denn die Milch für das Kind? In keinem Topf ein Tröpfchen. Und das Wurm war so fest eingebündelt zum Ersticken. Der Zulp war ihm aus dem Munde gefallen, vergebens suchte und suchte die kleine Zunge. Ganz trocken war die Kehle, immer heiserer wurde das Geschrei und vor Ermattung leiser.

Ammei stand bei der alten Holzwiege und guckte trotzig-finster auf das Bündel – mochte es quäken, was ging's sie an?! Aber dann überkam sie der Zorn: Kotzdonner, wenn sie denn schon alles abgeben mußte, sollte die alte Hexe wenigstens nicht allein Gutes davon haben! Und mit starkem Schritt trappste sie zum Bett und packte die Schnarchende am Arm. Aber kein Rütteln half, die war nicht zu ermuntern. – – –

Als die Tant' endlich, gegen den Abenddämmer erwachend, sich die Augen rieb, sah sie beim Tisch ihre Nichte sitzen und ganz blöd vor Verwunderung glotzte sie drein – die hatte das Kind auf ihrem Schoß. Es war aufgebündelt, strampelte mit Armen und Beinen und grahlte satt-vergnügt. Auf dem Tisch stand statt der Schnapsflasche eine geleerte Milchflasche.

»Jesses, Ammei, dau bis' et?«

Da packte die rasch das Kind zusammen und warf es ziemlich unsanft in die Wiege zurück.

»Net waohr; e lief Ditzche, e prächtig Könd, e wunnerschien Jüngelche!« hub die verdutzte Alte an zu schmeicheln; sie wußte nicht recht, wie sie daran war, die Nichte machte ein so seltsames Gesicht. »Ech haon eweil e bißche geschlaof!« Und dann fing sie an zu winseln: »Jesses, dat Jüngelche, dat haot geschrien de ganz letzt Naacht, mer konnt' ken Aug derbei zuduhn. Ech haon't alsfort erum drage müsse, von Aowends bis Morjens. De Ärm sein mer wie ahfgeschlaon – autsch, mei Kreiz, uije! – ech graulen schuns, wann hän de Zähn micht!« Sie warf rasch einen ängstlich lauernden Blick auf das Mädchen – hatte die die Schnapsflasche bemerkt und die Kuchenkrümel? 's war aus der Ammei nicht klug zu werden!

Aber jetzt fuhr die los: »Haal dei Maul!« Und begann dann ein Schelten, ein vorwurfsvolles Räsonieren, daß die Wände widerhallten.

Die erst bestürzte, aber dann rasch gefaßte Alte blieb kein Wort schuldig. Was, ihr noch Vorwürfe machen?! Und sie sollte sich das gefallen lassen, sie, von so einer Bettel? Auf den Knien mußte ihr die Nichte danken. War's etwa ein Pläsier, den greinenden Balg herumzuschleppen die ganze Nacht? Immer wollte der's Maul gestopft haben, ein Fresser war der, zwanzigmal mußte man ihm Milch warm machen. Und all die andre Unbequemlichkeit! Und dazu noch anhören müssen, was die Leute skandalierten!

»Dao, hol der dein' Bankert eweil noren met,« schrie sie zum Schluß. »Ech sein net verläjen drum, ech haon hän saat!«

Sie machte Anstalt, das Kind einzupacken.

Da bekam Ammei einen großen Schreck. Was sollte sie mit dem Kinde anfangen, wohin mit ihm?! Jesus Maria! Sie fing an einzulenken; und als das Weib schlau zurückhielt, legte sie sich aufs Bitten, gab hundert gute Worte und noch dazu, was sie an Groschen in der Tasche hatte.

Leidlich versöhnt und um Christi willen, ließ sich dann endlich die Alte herab, den Jungen noch einmal zu behalten. –

Der Abend dunkelte schon, als Ammei auf dem Rückwege war. Heute war's keine Mondnacht wie dazumal, wie stark vor einem Jahr, als sie desselben Weges gegangen war. Damals hatte sie doch wenigstens noch eine Hoffnung gehabt, aber auch die hatte sie jetzt nicht mehr. Der Junge war urkräftig, der sah nicht aus, als ob er eingehen würde!

Und sie fing an zu schnüffeln, sich mit dem Handrücken unter der Nase her zu wischen, und mit den Augen zu zwinkern, bis salzige Tropfen, die sich nicht mehr zurückhalten ließen, über ihre Wangen kullerten.

Ei, das war ein vergnüglicher Sonntag gewesen! Und so würde noch mancher folgen – keine Erholung, kein Pläsier – immer dieser gleiche Weg, recht ein Stationsweg, das Kreuz auf dem Buckel, denn – –

Sie stutzte plötzlich, stand still und streckte den Kopf vor, wie horchend – das Kind greinte doch gar zu sehr! Wer weiß, wenn die Mutter nicht nachsah, ließ die Tant' das gar verkommen?!

In dieser Nacht konnte Ammei, obgleich zu Tod müde, doch keinen Schlaf finden, die Füße taten ihr gar zu weh. Und dann war da noch etwas anderes, was sie wach hielt. –

Von jetzt ab ging das Mädchen fast jedesmal, wenn es seinen freien Sonntag hatte, hinauf ins Heimatdorf. Es waren schwere Wege in Novemberregen und Wintergraus. Der Wind heulte und stemmte sich der einsamen Wanderin entgegen, auf dem Plateau noch unendlich viel widriger als auf den Kehren der aus dem Tal steigenden Straße; oft war oben kaum weiter zu kommen. Und die Rückkehr war nicht minder schwierig; dann jagte der brausende Atem des Winters die Frauengestalt vor sich her, blähte das Tuch wie ein Segel und blies durch den Rock als sei der dünnes Papier.

Aber der Junge fing jetzt an, sie zu kennen. Er lachte, wenn er sie sah, und gab sie sein Lachen auch nicht zurück sondern blickte finster und unbewegt – er lachte doch. Und wenn sie ihr Körbchen vom Arm tat und es auspackte, paßte er schon auf. Seine Äugelchen, schwarz wie blanke Beeren, glitzerten umher und folgten jeder Bewegung ihrer Hände. Seine kleine Zunge leckte; er krähte hell auf, wenn er den mitgebrachten Wecken erblickte. – –

– –

Nun war der Ambrosius schon ein Jahr alt. Fast den ganzen Februar und den ganzen März hatte Ammei ihn nicht besuchen können, denn Schnee war gefallen aufs Eifelland und hatte die Straßen verschüttet.

Die großen Kehren waren unpassierbar geworden, weiße Mauern hatten sich geschichtet; selbst die schwarze Ley trug ein weißes Haupt, und ihre düsteren Flanken, an deren Steile keine Handvoll Erde Platz hat, zeigten sich jetzt weißbepudert. Undurchdringlich, kalt-grau lastete der Himmel. Halb vereist schlief der Bach in den Schluchten, bis plötzlich über Nacht der Tauwind wehte, mit dem

April auch die Sonne wiederkam und das Winterkleid vollends löste, an dem schon Regengüsse gelockert hatten. Ein verwaschnes Blau zeigte sich über den Höhen, in einem lichten Band schlang es sich durchs Wintergrau; ein wenig mehr Sonne noch, ein wenig mehr Wind noch, und die Wolken flohen wie gescheuchte Schafe, breiter wurde das blaue Band und immer breiter.

Die von Tauwasser übergossnen Kehren der Bergstraße hinan schritt Ammei. Das grüne Kleid hochgeschürzt, holte sie weit aus; ihre nägelbeschlagenen Schuhe trappsten. Heute eilte sie; in ihrem Körbchen trug sie einen Hanswurst von bunter Wolle und heute zwei Wecken für den Ambros – sie hatte ihn ja acht Wochen nicht gesehen!

Ihr Gesicht, das sonst immer den gleich stumpfen, nicht frohen, nicht traurigen Ausdruck trug, schien heute ein wenig geklärter. Machte das der Himmel, der so intensiv blaute? Die Frühnachmittagssonne, die wohlig warm, förmlich heiß an der Felswand niederfloß? Das Schirpen der Spatzen, das Zwitschern der rotbrüstigen Blutfinken, das Steigen des Saftes in den Weidenbüschen und das Blühen der gelbbestäubten Kätzchen? Oder die Aussicht auf das Trinkgeld, das die Fremden nun bald wieder ins Bad bringen würden?

Ihre von der scharfen Luft aufgesprungenen Lippen zum Pfeifen spitzend, blinzelte Ammei angestrengt in die helle Weite. Bald würde sie die Höhe des Plateaus erreicht haben, dann ging's noch rascher auf ebenerem Weg, dann war sie bald da, dann konnte der Ambros krähen! Heut mußte er zweimal krähen, denn sie würde ihm zuerst einen Wecken zeigen und dann den zweiten! Und was würde er erst zu dem Hanswurst sagen?!

Auf des Mädchens Wangen fingen an Rosen aufzublühen vom schnellen Gang. Heute schmerzten die Füße nicht halb so wie sonst; es schien doch, daß die besser wurden mit der Zeit. Die Tant' war nicht vorbereitet auf den Besuch – ei, das war ganz gut, wenn die einmal wieder überrascht wurde!

Eine plötzliche Unruhe ergriff Ammei – es würde doch oben alles wohlbehalten sein?!

Sie beschleunigte ihren Schritt noch mehr, und so – erfrischt von der kristallklaren Bergbrise, angeregt vom Hauch des nahenden Frühlings – fühlte sie heute ihre Last weniger. Sie lief geschwind, bald pochte sie an der Hüttentür.

Natürlich, die Alte nicht daheim! Aber drinnen wieder Kinderweinen!

Als sie hastig eintrat, fand sie die Stube gänzlich ungeheizt, noch voll von Winterkälte und Winterfeuchte. Kein Strahl der Frühlingssonne drang durch das blinde Fensterchen. Aus der Helle kommend, mußte man erst das Auge an die dumpfige Dunkelheit gewöhnen.

Mitten auf dem nackten, eiskalten Estrich, im dünnen Kattunkittel, ohne Hemd, ohne Windel, saß das Kind. Sein Gesichtchen starrte von allerlei Schmutz; aus der Stumpfnase liefen zwei Bächelchen, und das blonde, sonst so flaumige Köpfchen war von einem eiternden Grind bedeckt.

O je, wie sah es aus! War das wirklich ihr hübsches Jüngelchen?! Blaß und rot werdend, kauerte sich Ammei neben ihm nieder.

Da hörte es plötzlich auf zu weinen und mit den klebrigen Fäustchen sich die Augen zu reiben; die schwarzen Beeren, das einzig Blanke in dem verkommenen Gesichtchen, fingen an zu lachen. Und nun lachte auch der eben noch im Weinen verzogene Mund; vier feste weiße Zähnchen – oben zwei, unten zwei – wurden sichtbar. Und nun fing Ambrosius an zu kriechen, blitzgeschwind auf allen Vieren, hin nach dem Körbchen, das die Mutter niedergestellt hatte. Und als diese den ersten Wecken vorholte, krähte er, und als sie den zweiten zeigte, patschte er in die Händchen und sagte ganz deutlich:

»Mamma!«

Da ließ sich Ammei auf den Schemel am Tisch fallen, wie plötzlich schwach geworden, richtete die überströmenden Augen auf ihr Kind und starrte es unverwandt an.

– –

Als Ammei heute, später denn sonst die Kehren der Bergstraße niederstieg, brauste es in ihrer Seele wie unten in dem nun vom Eis befreiten, hochgeschwellten, frühlingsstürmischen Bach. Es wogte in ihr hin und her: Freud und Leid, Wunsch und Bedenken. Aber ein Entschluß rang sich durch, kraftvoll wie der Tauwind, der alle Schlacken schmutzigen Schnees in den Absturz treibt – sie nahm ihr Kind zu sich!

Während der Saison würde sie es ja noch oben lassen müssen, aber dann – nein, keine Stunde dann länger! Pfui, die Tant'! Wie kann man ein so hilfloses Wurm so vergessen?! Die Nachbarin hatte ihr's verraten: nicht nur heute, da die Weiber des Dorfes Kindtaufe feiern gegangen waren beim Schäfer'sch Josef, am letzten Ende des Orts, nein, auch sonst hockte die Alte überall auf den Ofenbänken herum, klatschte bald hier, bald dort, machte sich ein Gewerbe daraus, umherzulungern, oder holte sich ›des Doppelkorn‹ aus dem Wirtshaus, daß sie dalag wie tot und noch zwei Tage nicht klar aus den Augen sehen konnte. Und der Schmutz in der Hütte – pfui!

Früher hatte Ammei den nicht bemerkt; jetzt sah sie ihn. Hatte sie doch Ungeziefer im nie gelüfteten Bettchen des Kleinen gefunden, Stiche und Beulen an seinem, vom Liegen in steter Nässe, ganz wunden Körper.

Sie hatte das seltsame Gefühl, als drehe sich ihr das Herz herum, wenn sie jetzt daran dachte, daß sie ihn allein hatte zurücklassen müssen in der Wiege, ganz allein in der öden Stube. Durch viele Bitten und Versprechungen hatte sie die Nachbarin bewogen, nach dem Ambros zu sehen, bis die Tant' heimkommen würde. Sie selber hatte ja fortgehen müssen – ohnehin würde die Madam schelten, daß sie gar so spät wiederkam – dunkler und dunkler wurde schon die Nacht, und eine Laterne hatte sie nicht. Es war schwer hinunter zu finden.

Unten in den Schluchten donnerte das Wildwasser. Die einsame Wanderin richtete sich mehr nach ihrem Ohr als nach ihrem Auge, denn kaum erkenntlich schimmerten die weißen Steine der Chausseeböschung, und das Wahrzeichen der ragenden Ley war völlig versunken in Schwärze.

Aber tapfer schritt Ammei zu; das Brausen des Baches, der durch schmelzende Schollen zum Strom geworden, leitete sie; und dazu das junge Sprudeln der Quelle im eigenen Herzen.

* * *

Im Herbst nahm Anna Maria Katzvey den Ambrosius zu sich. Sie hatte ihrer Madam gekündigt, aber die hatte ein Einsehen gehabt und ihr Stundendienst zugesichert. Auch bei andern sollte sie Arbeit bekommen, und wenn das nächste Frühjahr erst wieder da war, würde sie auch von der Badeverwaltung angestellt werden, um in den schönen Anlagen zu rechen und zu jäten, zu karren und zu gießen. Vorerst aber hieß es durch den langen Winter kommen. Jedoch sie war ganz getrost, hatte ihr doch dieser Sommer mit seinen vielen Fremden reichlicheres Trinkgeld eingebracht als das Jahr zuvor, so daß sie, trotz der gierigen Tant', etwas hatte erübrigen können. Und, Gott sei gelobt, nun hatte wenigstens die Unruh ein Ende! Den ganzen Sommer hatte es sie gequält, daß sie wegen der Arbeitslast nicht ein einziges Mal hinauf konnte. Sie traute der Tant' nicht mehr; nun, da die wußte, daß sie den Pflegling nicht behalten sollte, erst recht nicht mehr. Und wenn so ein Kind auch nur eine Last ist – wenn es auch besser wäre, es wäre nie geboren – so will man's doch, wenn es nun einmal da ist, schon lacht und spricht und einen kennt, nicht umkommen lassen.

Ammei richtete sich ganz gut mit ihrem Jungen ein. Sie mußte ihn zwar auch viel allein lassen, aber die Kammer, in der sie ihn hielt, war leidlich rein, und sie fand auch Zeit, ab und zu von der Arbeit nach Haus zu springen und nach ihm zu schauen.

Als der Frühling kam, spielte er mit andern Kindern auf der Gasse. Die größeren waren dem kleinen Kerl in den ersten Höschen und dem, aus einem schäbig gewordenen Kleid der Mutter geschneiderten Kittel, alle gut. Er war drollig, lustig wie ein Stieglitz und flink wie ein Wiesel. Die Fremden, die vorübergingen, guckten oft nach dem munteren Blondkopf mit den schwarzen Beerenaugen; manche Frau blieb bei ihm stehen und strich ihm über die mit Wasser sauber gestrählten Haare.

Wenn Ammei dies zu sehen bekam, hob sich etwas in ihr. Sie hätte sich vor den Fremden nicht als seine Mutter bekannt, um alles in der Welt nicht: nicht um eine Mark, nicht mal um einen Taler. Sie hätte sich viel zu sehr geschämt. Aber doch, wenn die vornehmen Damen in den schönen Kleidern ihn lobten – ›was hat er für blanke Äugelchen, was für seidiges Haar, wie dick ist er, wie rund, und so niedlich!« – erstand in ihr ein Gefühl des Stolzes. Diese Reichen, die sonst alles hatten, was sie nicht hatte, ein so hübsches Kind hatten die sicherlich nicht! Und dann ruhte ihr Blick wenn's keiner sah, und der Ambros selber auch nicht, freundlicher auf ihm.

Das Mädchen war keine zärtliche Mutter; der Verdruß mit dem Jungen war doch gar zu groß gewesen, und immer noch hatte sie ja ihre Plage mit ihm. Der Scharlach grassierte im Ort – natürlich mußte der Ambros ihn auch kriegen! Aber während andere Kinder ihn leicht überstanden, oder bald hinausgetragen wurden auf den Kirchhof, lag ihr Junge Wochen und Wochen im Bett, mit verschwollenen Augen und laufenden Ohren, schrie ganze Nächte und konnte nicht leben, nicht sterben. Sie durfte ihn nicht allein lassen, konnte nicht auf Arbeit gehen, die paar Spargroschen waren bald aufgebraucht, schmaler und immer schmaler wurden die Bissen; wäre ihre gute alte Madam nicht gewesen, sie hätte betteln gehen müssen.

Da stieg ein Grimm in ihr auf; Blicke, in denen es düsterte wie Haß, warf sie nach dem kleinen Kranken. Und doch, als der Arzt ihr das Kind ins Hospital bringen wollte, sträubte sie sich unsinnig: nein, nur nicht dahin, nur nicht ins Spital, nein, nein! Den Jungen ließ sie nicht dahin, den behielt sie selber! Und als das Kind in der Nacht, die den Höhepunkt der Krankheit brachte, sich in verzehrendem Fieber wie in Krämpfen warf, lag sie vor dem Bett auf den Knien.

Sie wollte beten, aber ein gewaltiger Zwiespalt erhob sich noch einmal in ihr. Wie sollte sie beten: ›Maria, erhalt' ihn – Maria, nimm ihn –?!‹

Ein Abgrund gähnte, tief und unergründlich – diesseits Leben – jenseits Tod. Hinüber und herüber schwankte ihre Seele, gleich einem Falter, der sich verflattert hat. Wie ein beladener Pilger vorm Kreuz, so wand sie sich. Aber dann neigte sie den Kopf und lauschte bang dem schwachen Atem der kleinen Brust. So lag sie bei ihrem Kreuz, bis der Morgen kam. – – –

Ambrosius wurde wieder gesund. Als habe der Ausschlag jede Spur ungesunden Stoffes aus seinem Körper mit fortgenommen, so wölbte sich die Kinderbrust jetzt höher, streckten sich die Beinchen jetzt gerader.

»En Staatsjong,« sagten die Nachbarn, schenkten dem Knaben oft ein Butterbrot und oft ein Stück Kuchen. Und als die Fronleichnams-Prozession kam, durfte er, die blonden Haare in Locken gewickelt, im weißen Piqué-Anzug, den der Ammei ihre Madam gestiftet hatte, vor den Mädchenengeln her im Zuge gehen und über der kräftigen kleinen Schulter am blauen Bandelier die blaue Fahne mit dem schneeweißen Lämmchen tragen.

Das war ein Tag in Ammeis Leben, wie sie nur noch einmal einen gekannt hatte: jenen Sonntag auf Peter und Paul, als sie, voll Erwartung der Lustbarkeit, durch blühende Felder gestrichen war, da sie getanzt und geküßt hatte.

Sie stand auf der Gasse, unter der dichtgedrängten Menge des herbeigeströmten Landvolkes und der zuschauenden Fremden, an ein Haus gedrückt, und sah ihren Ambros passieren. Sie hörte ein Murmeln um sich:

»Kucktelhei, dat schien Jüngelche!«

Gewahrte auch, wie eine blasse Dame, ganz erregt, den Arm ihres Mannes faßte:

»Ach sieh, sieh doch, den reizenden Knaben! Ach, wenn wir doch so einen hätten!«.

Die Sonne warf einen wahrhaft verklärenden Schein auf des Kindes blonde Locken, Weihrauchwolken umschwebten es wie ein Heiligenbild, das Schellchen des Meßners machte silbern: ›Klingling‹. Alle fielen auf die Knie und bekreuzten sich.

Auch die Mutter schlug plötzlich erschauernd ein Kreuz: Heilige Maria, Königin der Jungfrauen, Benedeite unter den Weibern, gelobt seist du!

Aus den Gärten stiegen Wohlgerüche auf von Flieder und Jasmin und mischten sich mit den Weihrauchdüften; von den Bergen, aus dem dichten Waldgrün herab grüßte die Natur in geheimnisvollem Wehen.

*

Ammeis Ambrosius ging in das fünfte Jahr, als sie selber Aussicht hatte, in den Ehestand zu treten.

Oberhalb des Ortes, im Steinbruch, arbeitete ein brauner, starker Mann; irgendwo, von weit her, war er gekommen. Der hatte Lust, sich im Bädchen einen Hausstand zu gründen, und er schien der Ammei Freier werden zu wollen; wenigstens ging er ihr ernstlich nach. Wenn sie in den Anlagen, die da aufhören, wo der Steinbruch beginnt, arbeitete, guckte er oft nach ihr. Wenn sie Feierabends vor ihrer Haustür stand, gesellte er sich zu ihr, sprach davon, daß es für einen Ledigen schwer sei, durchzukommen: nie kriegt der sein ordentliches Essen, seine Sachen sind zerrissen, und wenn er auch guten Taglohn hat, der geht hin wie nichts, wenn keine Frau haushält! Und das fand sie denn auch. Ihr Herz klopfte: sollte es ihr wirklich noch im Leben glücken, sollte sie vor den Altar treten dürfen als Braut?! Sollte sie wahrhaftig einen finden, der für sie sorgte, daß sie nicht immer, immer allein arbeiten mußte für die tägliche Notdurft?!

Ammei wurde wieder ganz vergnügt; die Falten auf ihrer Stirn glätteten sich, sie gab was auf Putz wie eine ganz Junge und stand am Sonntag länger vor ihrem Spiegelscherben denn sonst. Ihre Seele wiegte sich in einem Glückstraum. Noch hatte er zwar nicht gesprochen: ›No, willste mich heiraten?‹ – aber sie erwartete die Frage jeden Tag.

Heute jätete sie in den Badeanlagen. Es war ein warmer Tag. Noch knospten die Sträucher, und die Amseln übten erst eben ihren tieftönigen Schlag, aber doch hatte sie ihr Kopftuch beiseite tun müssen und die Jacke sogar, so daß sie in kurzen Hemdsärmeln arbeitete, und auch den starken gebräunten Nacken der Luft und der Sonne wies. Sie lag auf den Knien und stach Löwenzahn aus, der sich mit seinen zackigen Blättern und seiner goldgelben Blume in den Rabatten breitmachte. Auf ihrer Stirn perlten Schweißtropfen und rannen nieder auf ihre fleißigen Hände – fünfundsiebzig Pfennig Taglohn wollen verdient sein.

Da schreckte ein munterer Gruß sie auf. Halb erfreut, halb verlegen erwiderte sie ihn. Er stand vor ihr, auf seinen Pickel gestützt.

»Tag, Ammei,« sagte er, machte dann »hm«, zögerte eine Weile und machte dann wieder »hm«.

Erwartungsvoll hob sie den Blick zu ihm – würde er jetzt etwas sagen?!

Noch besann er sich: sie hatte ja gar nichts, keinen Pfennig! Aber dann sah er auf ihren festen, braunen Nacken, auf ihre kräftigen Arme – die konnten schaffen! – auf den Schweiß des Fleißes, der über ihre Stirn perlte, und es fiel ihm ein, wie schlecht sein Mittagessen, von dem er eben kam, heute gewesen war, so gering, daß er gar nicht satt geworden war, und er sagte rasch: »Ammei, wollt Ihr mein' Frau werden?«

Und sie sprach ebenso rasch: »Jao, jao!« sprang auf und sah ihn mit einem tiefen Aufatmen strahlend an. Aber dann flog, wie mit einem plötzlichen Einfall, ein Schatten über ihr lachendes Gesicht.

»Ech haon en Jong,« sagte sie leise und hing den Kopf.

»Weiß ich, weiß ich, macht nix!« Er faßte ihre Hand: »Wer kann für Malör!« und lachte gutmütig.

Da überkam sie eine unsägliche Freude. Einen hurtigen Blick warf sie rundum, und als niemand in Sicht war, die Anlagen ganz einsam lagen im verschlafenen Mittagslicht, umfaßte sie ihn rasch mit beiden Armen und lehnte die arbeitsfeuchte Stirn gegen seine breite Brust.

»Jesses,« wisperte sie selig, »Jesses, esu en Glück! Eweil kriehn ech en gude Mahn on en Vadder für dän Ambros!«

»En Vadder für den Ambros?!« Etwas so Seltsames war in dem Ton, mit dem er ihre letzten Worte wiederholte, daß sie rasch die Stirn wieder hob.

»Ja, ja,« sagte er jetzt verlegen, »natürlich!«

Strich sich mit der rauhen Hand über das wind- und wetterharte Gesicht, dann unter der Nase her und schnüffelte. »Ja, ja – weißte, haste nit en Tant' hier herum – oder irgend sons jemand? Dat wär' dat Beste! In't Waisenhaus tät' mer ihn doch nit gern – da nehmen sie ihn ja auch gar nit! Aber vielleicht sonst wohin. Wenn mer auch wat bezahlen müßt« – er hatte ihr plötzliches Erblassen gesehen und schloß rasch: »et soll mir dadrauf nit ankommen!«

»En Tant' – oder sonswän – in't Waisenhaus – oder sonswohin?« Sie starrte ihn an mit weitaufgerissenen Augen.

Er nickte und begütigte dann: »Ja, Ammei, ich kann mer't denken, dat et dir schwer fällt – aber siehste,« – jetzt ganz verliebt sie an sich ziehend, küßte er sie auf den bloßen Nacken und flüsterte ihr ins Ohr: »Wir kriegen doch selber Kinder – so en Kuckucksei taugt nix im Nest!«

Sie machte sich unsanft frei, nun hatte sie gar keine Lust zu Zärtlichkeiten mehr. Vor ihren Augen wackelten Bäume und Büsche, schrumpften zusammen ganz klein, reckten sich wieder lang und länger und streckten die knospenden Zweige heraus gleich höhnenden Zungen. Auch die Gestalt des Freiers war verzerrt.

»Dän Jong, dän Jong sollen ech net behaalen?« stotterte sie. Ambrosius war nicht hier, aber sie glaubte jetzt, durch das Wispern der Bäume, durch das Plätschern des Baches, durch das Brausen und Rauschen in ihren Ohren ein Lallen zu hören: ›Mam–ma!‹ – und jetzt, ganz deutlich, ein lautes helles Rufen.

»Mamma!«

War's wirklich seine Stimme?!

Weiß Gott, da war er! Kinderstimmen sangen. Ein ganzes Rudel, Buben und Mädchen, ihrer zehn, zwölf kletterten wie Gemsen dort drüben – droben auf dem Pfädchen, das sich wie ein Strichelchen an der Lehne des Berges steil emporzieht – hinauf zum Suterwald.

Sie blickte starr nach oben; wie die Püppchen erschienen die Kinder, kaum kenntlich. Aber jetzt sah sie ihren Kleinen. Zwei Größere führten ihn, doch er riß sich los, hüpfte dicht an des Absturzes Rand, schwenkte die Ärmchen und schrie nach ihr, die er tief unten erblickte:

»Mamma! Mamma!«

Sie winkte nicht wieder, die Arme fielen ihr schlaff herunter. Aber ihre Augen hingen an der kleinen Gestalt.

Ammei sah ihren Ambros immer noch, als der große Wald ihn längst verschluckt hatte. Als die Stimmen der singenden Kinder längst verweht waren, hörte sie immer noch die eine Stimme, hell und klar, wie ganz allein, ob all den anderen schweben:

»Sutermichelchen, deck mich,
Sutermichelchen, streck mich!«

– –

Als Ammei heut auf Feierabend nach Hause kam, war ihr Gesicht so finster, wie es kaum je zuvor gewesen war. Der Junge war noch nicht daheim; es war warm und lind, da weilten die Kinder länger im Walde. Die Abendglocke bimmelte schon, als seine kleine Gestalt endlich in die Stube trippelte. In der krampfhaft geschlossenen Faust trug er ein Sträußchen von den ersten Blumen des Jahres: Anemonen, Waldmeisterkraut und Kuckucksblumen; er hatte sie unter den schwellenden Buchenzweigen für seine Mutter gepflückt.

Aber sie riß unwirsch die Blumen aus der Kinderhand und schalt, daß er nicht eher heimgekommen war; schalt um dieses, schalt um jenes, herrschte ihn zuletzt an: »In't Bett!« Und dann, als er verdutzt und erschrocken die Unterlippe vorschob und zu weinen begann, schlug sie ihn, schlug ihn härter, als sie selber es wußte.

An etwas mußte sie ihre Wut auslassen, ihre Bitterkeit und ihre Enttäuschung – warum war der Junge auch da?! Sonst würde sie jetzt eine Braut sein und bald eine Frau! So aber war der Freier von ihr fortgeschritten, den Pickel geschultert, und hatte sich nicht einmal mehr umgedreht nach ihr, so lange sie auch dagestanden und ihm nachgeguckt hatte. Den ganzen Nachmittag hatte sie auf sein Wiederkommen gelauert, in fiebernder Ungeduld dem ›pink, pink‹ seines Pickels im nahen Steinbruch gelauscht. Das war der Junge doch nicht wert, daß man seinetwegen alles aufgab! Wahrhaftig, ehe sie auf die Hochzeit verzichtete, lieber gab sie ihn – sie sprach es nicht vor sich selber aus, aber sie wußte, wenn der Freiersmann jetzt wieder vor ihr stünde, dann – nun, dann in Gottesnamen! Aber er war nicht wieder gekommen.

Darum war Ammei so ingrimmig, darum warf sie jetzt, als das müde Kind unter leisem Weinen doch entschlummert war, böse Blicke nach ihm hin, darum stieß sie endlich in der Nacht, als der Knabe sich im Schlaf an ihre Seite schmiegte, ihn unsanft von sich.

Der kleine Ambrosius hatte fortab keine guten Tage.

Sie wurden auch nicht liebereicher, als Ammei die Genugtuung erlebte, den Freier noch einmal zu sich zurückkehren zu sehen.

Er hatte sich die Sache überlegt. Wegen des Jungen wollten sie nicht uneins werden, sagte er. Die Kameraden hatten ihm auch zugeredet, ihn förmlich ausgelacht: wegen so einem Stuppes machte man doch gar keine Fisematenten; ob der da war oder nicht!

»Also, meinswegen, bring hän mit!«

Aber als spräche jemand andres aus ihr, so kamen Worte über ihre Lippen – andre Worte, als die sie in der ersten freudigen Überraschung herausjubeln gewollt, ganz andre Worte:

»Nä, ech will net!«

Und als er sie verwundert-fragend, bestürzt und zuletzt nicht wenig gekränkt angaffte, schüttelte sie energisch verneinend den Kopf und zog die niedere Stirn in eigensinnige Falten. Nein, er würde doch nicht gut gegen ihren Jungen sein! Nein, sie hatte sich jetzt besser bedacht, sie wollte nicht heiraten!

Kalt und blaß, ohne nur die starren Augen nach ihm zu kehren, ließ sie ihn gehen. –

Ohne sonderliche Erregung hörte sie von jetzt ab das ›pink, pink‹ seines Pickels; und wenn dann und wann eine Detonation erfolgte, in Staub und Schuttwolken ein losgesprengter Felsblock gefährlich niedersauste, neigte sie nicht einmal lauschend das Ohr bei ihrer Arbeit in den nahen Anlagen – mochte im Steinbruch vorgehen was da wollte! Ihre Gedanken suchten nichts mehr da. Sie weinte auch nicht, als nach kaum zwei Monaten ihr einstiger Freier eine andre zum Altar führte.

Mit dem zu seiner Höhe schreitenden Sommer, stieg auch Ammeis Verdienst. Das Sauberharken der Promenadenwege, das Aufsammeln dürrer Reischen, das Fegen des Kieses, das Wischen der Bänke besorgte sie jetzt schon in frühester Frühe, vor vier Uhr oft, wenn die Gäste noch schliefen. Danach schaffte sie in ihrer Privatkundschaft. Ihre alte Madam hatte sie weiter empfohlen. So arbeitete sie denn auch seit diesem Jahr in der letzten Villa, der großen weißen, rechts von der Kirche, wo der Garten den Hang hinauf grünt. Mit der Saison zog dort jedesmal die Herrschaft, der sie gehörte, ein, und blieb da, bis die Reifnächte des Herbstes gar zu kalt wurden.

Es waren gute Leute, deren Töchter dem kleinen, hübschen Jungen der Arbeitsfrau, der der Mutter schon das Gerät nachschleppte, das Unkraut, das sie jätete, im Kittelchen sammelte – alles spielerisch mit lustiger Ernsthaftigkeit – Semmel und Obst zusteckten, ihm schöne rote Strümpfe strickten, um seine nackten Beinchen in kalten Tagen zu wärmen, und ihm einen kleinen Strohhut schenkten mit grünem Band, zum Schutz gegen den Sommerbrand.

Ambrosius kam gern in den schönen Garten. Dort hüpfte er, während die schweigsame Mutter sich schwerfällig, aber stetig wie eine Maschine bückte, lustig umher; schwatzte mit sich selber, oder mit einem Stein, mit einer Blume, einem Schmetterling. Oder lag, glühte die Sonne zu sehr herab, im Schatten der dunklen Zypresse und schlief sanft.

Auf dem glatten Rasenhang, ein wenig erhöht, stand der Baum, der hergekommen war aus fremdem Land und streckte seine fast schwarzen Äste, die nicht Blätter, nicht Nadeln trugen, unbeweglich ins Sonnenlicht. Das Abhauen der unteren Zweige, das Knicken und Zerren und Rupfen, hatte ihm nichts geschadet; tannenschlank stieg sein Stamm, harzig-streng duftete seine Rinde, und sein ernstes Grün blieb gleich lebend, im Winter wie im Sommer.

Einen scheuen Blick hatte Ammei nach dem Baum geworfen, als sie zum ersten Mal wieder den Garten betreten hatte. Und dann war ihr Blick rasch, in fast ängstlicher Hast, weiter geglitten bis hin zu dem Knaben, der auf ihrem Rechen, wie auf einem Pferdchen sitzend, dahergaloppiert kam.

Ambrosius war fröhlich den ganzen Tag. Wenn die Mutter ihn auch nicht liebkoste, ihn koste ja die milde Sommerluft im grünen Garten; und wenn er auf den Berg stieg, küßte ihn die Sommersonne, daß seine Bäckchen warm überhaucht wurden, flaumig wurden wie die Pfirsichwangen am Villenspalier.

Alle Nachmittage an schulfreien Tagen zogen die größeren Kinder jetzt aus, Erdbeeren und Himbeeren zu suchen im großen Suterwald, aus dem die zackigen Leyen ragen, und der sich erstreckt, weit, weit über die Höhe, bis hin gen Beuern und Bremm.

Aber auch die Kleineren trippelten mit. Sie alle hatten einen Spaß dabei, den sie immer und immer wieder betrieben.

›*Sutermichelchen, weck mich,*
Sutermichelchen, leck mich,
Sutermichelchen, deck mich,
Sutermichelchen, streck mich,
Sutermichelchen, mach mich
Esu klein wie Salz!‹ –

Das war das Liedchen, was sie alle sangen, was sie schrien, halb in Neugier, halb in Grauen, in den großen Bergwald hinein.

Hier ging ja der Sutermichel um! War der nun ein guter Geist oder ein böser?! Huh, wer ihn zu sehen kriegte, der wurde gedeckt und gestreckt, daß er nie mehr aufstand, huh, huh! Die Haare sträubten sich selbst den Mutigen, und die minder Beherzten packten die andern am Kittel, wenn nur wo ein Blatt ra- schelte, wenn nur ein Windzug in den Büschen wisperte, oder wenn das tiefe Schweigen einer ungeheuren Waldeinsamkeit sich lastend aus ihre Seelen senkte.

»Dän Sutermichel, dän Sutermichel!«

In Angstschweiß gebadet, rannten da die Kinder davon, als säße ihnen der Spuk schon im Nacken, um bald doch wieder von neuem in den Wald zu laufen und von neuem mit grausender Lust zu schreien:

»Sutermichelchen, Sutermichelchen!«

Auch der kleine Ambrosius schrie wacker nach dem Sutermichel. Aber er hatte nicht Angst wie die anderen; er war noch zu dumm. Wenn die Gespielen wegrannten, blieb er ruhig stehen, sah sich mit den blanken Beerenaugen neugierig um und trottelte erst zurück, wenn er von den blauen Waldglocken genug gepflückt oder sich an den Erdbeeren satt gegessen hatte. Seine unschuldige Seele kannte die Furcht noch nicht.

Der Wald gefiel ihm, der guckte ihn nie finster an. Und weich war das Moos, weicher wie das Bett bei der Mutter; oft legte er sich darauf, faltete die Händchen und blinzelte vergnügt in das Stückchen Blau, das, nicht größer als ein Auge, durchs dichte Blätterdach zu ihm niedersah. In der Stille hörte er Stimmen. Ammern und Finken, Waldtauben und Grillen sangen auf ihre

Weise, und der Wind harfte dazu. Schlummerlieder waren das, so süß und sanft, wie sie dem Kind noch nie die Mutter gesungen hatte.

Und durch die Einsamkeit kam der Geist geschritten, der da ist im Grünen der Gräser, im Wachsen der Bäume, im Duften der Blumen, im Tropfen des Taus, im Wehen des Windes, im Flimmern der Luft, im Glühen der Sonne, im Werden und Welken, im Entstehen und Vergehen. Und er neigte sich über das Kind.

»Sutermichelchen, deck mich,
Sutermichelchen, streck mich,«
schon halb im Traum lallten das die Kinderlippen – deck mich, streck mich – den alten Reim.

*

Drunten im Tal fingen Morgen und Abend jetzt an, eine weiße Nebelmütze zu tragen. Wieder einmal war der Sommer gegangen und der Herbst gekommen.

Wie lange noch, und der Winter war da und Ammeis gute Zeit vorbei. Schon sah sie scheel. Was würde ihr der Winter bringen? Ei, Frieren und Hungern und Sorgen! Wie konnte es anders sein, was brauchte der Ambros nicht schon alles? Immer hatte er Appetit; und Hosen zerriß er, und Schuhwerk mußte sein, wenn's zu kalt war, um barfuß zu laufen.

Ammei war unlustig, und doch legte sie sorgsam jeden Groschen beiseite; keine ›Kässchmier‹ mehr gönnte sie sich, nur trocken Brot, auch keinen Kaffee mehr, der war viel zu teuer. Sie sparte sich alles am Munde ab, denn ihr Denken ging immer denselben Weg, langsam zwar, mit müden Füßen, aber es schlich in engem Kreis, immer dichter und dichter um das Kind herum.

Am Abend sputete sie sich, von der Arbeit nach Haus zu kommen, hielt sich nicht auf mit Schwatzen bei dieser Tür oder jener, schlug vielmehr einen Trab an, bei dem sie nicht rechts sah noch links. Der Ambros hockte noch auf der Schwelle im Dämmerschein, den kleinen Hut mit dem grünen Band in den Nacken geschoben, das Gesicht, das so hell und rund durchs Abendgrau schimmerte, unverwandt nach der Richtung gekehrt, von wo die Mutter kommen mußte. Und war sie dann bei ihm, dann hing er sich an ihren Rock; von der kleinen, sie also haltenden Hand stieg eine Wärme empor bis an ihr Herz. Sie nahm das schläfrige Kind auf ihren Schoß; im trübseligen Schein des flackernden Lämpchens sah sie das Gold auf seinem Scheitel, behutsam fuhr ihre rauhe Hand über die seidigen Haare, und mit einem plötzlichen Seufzer: »Mei lief Jüngelche!« ließ sie ihre gefurchte Stirn auf seine glatte sinken und hielt ihren Knaben fest an der Brust.

So saß sie allabendlich oft und lange.

Früh sank die Dämmerung nun schon ins Tal und durch den großen Wald, im Kleid des Herbstes, ging ein Hauch von Sterben. Aber noch war der Wald schön, schöner vielleicht im goldgelben Glanz seiner Buchen, im fahlen Braun seiner Eichen, als im saftgrünen Schmuck seines Sommerlaubs. Noch schien die Sonne mildtätig warm, und die Kinder zogen noch, wie sie's gewohnt waren, lustig und schreiend in Sutermichels Reich.

Ammei hatte ihrem Ambros heut zum erstenMal die neuen Schuhe angezogen, die sie ihm hatte schustern lassen, derb und fest, von bestem Leder, recht ein Schutz gegen jede Unbill. Unter der Tür stand sie zur Mittagszeit und sah ihm nach, wie er die Straße hinunterhüpfte, Hand in Hand mit zwei andern; ein Troß noch hinterdrein.

Sie guckte ihm so lange nach, bis sie nichts mehr von ihm sehen konnte, nicht mehr sein blondes Haar, nicht mehr den kleinen Hut mit dem grünen Band, nicht mehr die roten Strümpfchen in den neuen Schuhen. Und wenn sie auch gar nichts mehr von ihm erblickte, sie schaute ihm doch noch länger nach.

Denn sie liebte ihn. – –

Gegen die Dämmerzeit kehrten die Kinder wieder heim, aber Ambrosius war nicht unter ihnen. Sie hatten auch heute, wie sie's immer taten, nach dem Sutermichel geschrien, waren dann in Lust und Grausen aus dem Walde herausgerannt, und dabei hatten sie den Kleinen aus den Augen verloren. Sie hatten des nicht weiter acht gehabt im Eifer des Spieles, aber nun fragten sie nach ihm: war er schon zu Haus?!

Man suchte das Kind die ganze Nacht. Es hatte sich verirrt, man würde es schon finden, nur keine Angst, noch war die Nacht nicht so kalt, daß ihm ein Leides geschah! Alle beruhigten die geängstigte Mutter.

»Ambros! Ambros!«

Ammeis Stimme gellte, vom Schreien schon heiser, durch den nächtlichen Wald. Sie lief vor den Männern her, die Fackeln und Laternen trugen. Alle Väter des Ortes hatten sich aufgemacht. Hinter jeden Busch, jeden Baum wurde geleuchtet. Bald würde man ja den Verlorenen finden, bald hielt ihn die Mutter ja wieder im Arm!

Aber so emsig sie auch suchten, so laut auch die Mutter schrie, die Nacht ging doch darüber hin. Und als die Morgensonne das Nebelgewölk des Herbstes durchbrach, hatten sie ihn noch immer nicht. Jesus Maria, wo war das Kind?!

»Ambros! Ambros!«

Immer emsiger wurde das Suchen, immer angstvoller das Rufen. Gleich Spürhunden krochen die Suchenden am Boden hin, jedes Blatt, jedes Zweiglein wurde gewendet – wo war der Tritt des irrenden Kinderfußes? In Rotten geteilt streiften die Leute den Forst ab.

Bald hier, bald dort war die verzweifelnde Mutter, bittend, beschwörend, antreibend.

»Ambros! Ambros!«

Aber stumm blieb der ungeheure Wald. In ernstem Schweigen standen die Bäume, die Luft trug keine Antwort.

Und wie sie auch lauschten, kein ›Mamma, Mamma‹! Wie sie auch horchten: kein Kinderweinen! Und doch mußte der Knabe im Suterwald sein, denn Holzfäller hatten noch sein Singen gehört, gestern am Nachmittag, eine Stunde vor Sonnenuntergang. Fein und hell war's erklungen, von einem Stimmchen ganz allein:

›Sutermichelchen, deck mich,
Sutermichelchen, streck mich‹ – –

Ein Entsetzen begann die Suchenden zu rütteln, mit blassen Gesichtern, stumm blickten sie sich an.

Und sie suchten den Tag zu Ende und noch die ganze folgende Nacht.

Am Morgen des zweiten Tages fanden sie ihn.

Er lag in einer kleinen Kiesgrube, zehn Schritt von dem breiten Weg, der den ganzen großen Forst durchquert. Sein Hütchen mit dem grünen Band hatte ein Busch oben festgehalten; er selber aber lag drunten, wie schlafend, ein Händchen an die Stirn gelegt, als habe er die noch im Fallen schützen wollen. An der einen Schläfe klebte geronnenes Blut; jedoch fast rosig noch waren die Bäckchen, keine Spur von Angst lag auf dem unschuldig-ruhigen Kindergesicht.

Mit furchtbarem Aufschrei fiel die Mutter zur Erde. Im wahnsinnigen Sichdrehen ihres Hirns dämmerte plötzlich ein Bild empor: die Jungfrau der Jungfrauen mit erhobenem Finger! Aber statt des wächsernen Jesuskindes hielt sie eines auf dem Arm von Fleisch und Bein, eines mit goldenem Haar, eines mit blanken Beerenaugen, eines mit roten Strümpfchen in neuen Schuhen!

Weh, die hatte ein sündiges Gebet einst doch gehört – nun hatte die ihn genommen!

»Ambros! Ambros!«

Aus der Betäubung sich raffend, umklammerte Ammei ihr totes Kind.

Erschüttert standen die Menschen, feuchten Auges, leichenblaß. Durch ihre angstgerüttelten Seelen zog ein Grausen:

– – – – *›Sutermichelchen, deck mich,*
Sutermichelchen, streck mich‹ – – – –
– weh, das hatte der Sutermichel getan!

– –

Und der Geist, der da ist im Grünen der Gräser, im Wachsen der Bäume, im Duften der Blumen, im Tropfen des Taus, im Wehen des Windes, im Flimmern der Luft, im Glühen der Sonne, im Werden und Welken, im Entstehen und Vergehen, rüttelte die starken Stämme, daß sie bebten wie schwache Gräser; mit Posaunenstoß sprach seine Stimme im Wind, drohend und versöhnend zugleich:

›Jetzt wird das Reis gerissen aus der Mutter Hand, jetzo, da es am schönsten blüht! Die Seele des Kindes wird zurückgepflanzt in den Garten Eden der ewigen, der gerechten Natur!‹ – – –

Auf das Grab des Leibes aber lächelt die Sonne des Tals, Bergwinde spielen mit dem Kranze, mit dem Kranz der dunklen, strengduftenden Zypresse – mit dem Totenkranz vom Lebensbaum.

*   *   *   *   *

Maria und Josef

Es war erst Mai, und doch brannte die Sonne unbarmherzig auf die Bettenfelder Höh, wie nur je im Hochsommer.

Verdrießlich stand Josef Wallscheider am Fenster seiner Hütte und schaute hinaus in den grellen Sonnenschein. Der würde ihm schön auf den Rücken prallen, wenn er jetzt mit der Maria auf den Acker fuhr zum Kartoffellegen! Er gähnte, trommelte unwirsch auf die blasige Fensterscheibe und blickte hinauf zum Himmel. So war der schon seit Tagen, blau wie ein tiefgefärbtes Tuch, kein Wölkchen daran; verschlossen.

Halblaut brummte er in sich hinein: das würde schwere Arbeit sein im vertrockneten Erdreich. Aber was half's, die Kartoffeln mußten ins Land. Was sollte man denn essen, wenn der Winter ganz Bettenfeld in Schnee packte bis an die Dachgiebel? Da mußten sie doch wenigstens Kartoffeln satt haben, er und sein junges Weib. Denn heiraten wollte er zu Michaeli, jetzt gerade, wo ihm die Maria so ein schiefes Gesicht zog. Hatte er es dem Kettchen denn nicht auch gestern abend versprochen?!

Und damit stellte sich der Bursche fest auf seine stämmigen Beine, kniff die Mundwinkel ein, und auf seiner kantigen Stirn zwischen den eckig gezogenen Brauen zeigte sich eine tiefe Falte. Als er jetzt zur Stubentür schritt, ächzten die sandbestreuten Dielen unter seinem schweren Tritt. Er rief laut in den dunklen Flur hinaus:

»Maria! Kettche!«

Keine Antwort.

Wo stecken sie denn?! Noch einmal: »Maria! Kettche!«

Und nun, langgezogen: »Kett – che –!«

Da knarrte ganz oben das Türchen des Bodenverschlages, und geschmeidig wie eine Katze, kam eine blutjunge Magd die Leiterstiege heruntergeschlichen. Ihr Rock war ausgefranst; unter den wirren Haarsträhnen vor, die ihr tief ins Gesicht hingen, blinzelten ihre verweinten Augen. Ein Bündel trug sie über der Schulter; mit einem zitternden Seufzer ließ sie es auf den Estrich fallen, dicht vor seine Füße.

»Hatt ihr dann kein Ohren?« sagte der Bauer, ohne sie anzusehen. »Wuh es dat Maria? Spannt an. Mir giehn eweil. No?«

»Dat Maria dat es – dat –« sie brach in lautes Schluchzen aus – »dat hat gesaot, ech sollen maachen, dat ech fortkommen hei – ech sollen giehn, wuh dän Peffer wächst – uf der Stell! Ech – ech –«

Der Jammer schien ihre Worte zu ersticken.

Er sah sie an, wie sie da an der Mauer lehnte, den hübschen Kopf im Schmerz zur Seite geneigt, und langsam glomm im stumpfen, gleichmütigen Blick seiner tiefliegenden Augen ein Feuer auf.

»Wän es hei dän Hähr? Dat Maria oder ech, hä? Kreisch net. Du bleiwst. Drag dein Saachen nor als widder eruf, Kettche!«

»Och, ech sein e su angst! Et därf mer doch neist anduhn, dat Maria?! Gel, Josef?«

»Et därf der neist anduhn, et duht der aach neist an – nä, nä!«

Er versank in Nachdenken.

Sie schmiegte sich an ihn. »Josef!« Er rührte sich nicht. Da schlang sie beide Arme um seinen Nacken, küßte ihn heftig und blieb an seinem Halse hängen.

So standen sie ein paar Augenblicke, dann machte er sich schwerfällig frei.

»Sei nor net angst, et gift als alles arrangschiert. E su bös es dat Maria net – nä, nä – et wird schon Räsong annehme. Et hat mech ufgezillt – nä, nä – et es mer alleweil en gude Schwester gewest!«

Mit einem Seufzer ließ sie den Kopf hängen, ihre Gestalt schien ganz zusammen zu sinken. Schmollend murmelte sie: »Et saot, ech sollen mech net unnerstihn, noch' ehs heihin zu kommen, sons –!« Plötzlich emporschnellend riß sie die Augen weit auf, ihre schwarzen Augäpfel im bläulichen, schimmernden Weiß funkelten ihn an: »Et will mech schloan!« Aufkreischend hielt sie sich die zerlumpte Schürze vors Gesicht.

»Schloan –?! Oho, dat wolle mir doch siehn!«

Schon war er an der Haustür – nun war er draußen – sie hörte ihn um die Ecke nach dem Stall biegen, seine Nägelschuhe klapperten auf dem Pflaster des Hofes. Rasch ließ sie die Schürze vom Gesicht sinken und horchte mit vorgeneigtem Kopf; ein verlegenängstliches und zugleich triumphierendes Lächeln spielte auf ihrem bräunlichen Gesicht und vertiefte zwei Grübchen. Ihre Wangen, die flaumig waren wie Pfirsiche, wurden rosenrot.

Jetzt rief er: ›Maria, Maria!‹

Und eine Frauenstimme antwortete im gleichen Tonfall: ›Josef, Josef!‹

Im Stall stand Maria Wallscheider und warf den Dung aus. Den Blaudruckrock hatte sie hochgeschürzt, ihre Beine, hager und sehnig wie die eines Mannes, waren bloß; ihre Füße steckten in Holzpantoffeln.

»Hott, hahrüh, willste parieren,« sagte sie gerade, als der Bruder unter die Tür trat, und patschte die Kuh mit kräftiger Hand auf die Lende.

Josef blieb auf der Schwelle stehen, die Hände in den Hosentaschen. Sie schien ihn nicht zu bemerken, sondern blieb emsig bei der Arbeit.

»No!« Er lachte unwillkürlich auf, als eine Ladung Dung dicht an ihm vorüberflog, und wischte sich mit der verkehrten Hand ein paar Spritzer aus dem Gesicht. »Morjen, Maria! Siehste dann net, dat ech hei stiehn?«

»Ech haon dech net geruf!«

»Äwer du has doch geantwort!«

»Nor aus Gewöhntheit. Plaatz gemaach!« Sie schwang schon wieder die Gabel.

Mit einem unterdrückten Fluch sprang er zur Seite; dann sah er ihr ein paar Augenblicke zu, wie sie schaffte.

Sie arbeitete mit einer Art von Wut; als sei der Dung ihr Todfeind, so stach sie in ihn hinein und schleuderte ihn im Bogen durch die offene Tür auf den Hof, wo er mit dumpfem Klatschen niederfiel.

Die Hitze im Stall war unerträglich; ein beißender Brodem stieg von dem mit Jauche getränkten Boden auf, der die Arbeitende in eine Dampfsäule hüllte. Dicke Tropfen rannen ihr unter dem kattunenen Kopftuch vor und klebten das Haar von fahlem, glanzlosem Blond an die Schläfen. Ihre flache Brust keuchte.

Wie verärgert sie aussah! Der Bruder fühlte ein plötzliches Mitleid.

»Maria, maach de Bläß los,« sagte er begütigend, »un de Braune aach; mir wolle zosammen Grumbiere lege giehn. Dat haste doch eweil net nedig, dech met der Arweit hei esu ze eschoffieren? Loaß dat Kettche hei färdig schüppen!«

Ein jähes Rot schoß ihr ins Gesicht; den Kopf zur Seite wendend, schien sie mit einem Entschluß zu ringen. Ein paar Mal holte sie tief Atem:

»Dat – dat Kettche es net mieh hei – ech haon et fortgeschickt – – – fortgejagt, wannste dat besser verstiehst! Stieh nor un kuck mech an, als gäb der de Pettersillich verhagelt! Maanste ech leiden esu en Framensch im Haus? Scharmuzzieren un flattieren, dat es schien einem Ehs – äwer arweiden, nä!«

»No, no, bis still, Maria! Laoß dat arm Dingelche!«

Ihre Augen, grau und tiefliegend wie die des Bruders, loderten in hellem Zorn.

»Wat saoste – arm?! Lidderlich! Hinnern Zaun, duh gehört et hin. Mech hat dän Hawer gestoch, dat ech uf dem Alden sein Betteln gehört haon und haon et als Magd in't Haus geholt. Mag et eweil met seim Vadder, dem Simpel, dem Schnapssöffes, Schwein hüten am Mosenkoap – maanswäjen!«

Josef blieb vollständig ruhig. Nur bleich war er geworden, man sah es an seinen erblaßten Lippen; das sonn- und wetterzergerbte Leder der Haut ließ weder Röte noch Blässe durchscheinen. Mit einem großen Schritt trat er über die Schwelle und kam der Schwester näher: »Maria, wir wollen uns doch wäjen so ebbes net querellen. Achtunzwanzig Jaohr, su ald wie ech sein, hammer zosammen gehaust; duh waor nie neist Onüwles. Un dat erschte Maol, dat ech meinen Koap for mech haon, bis du dawidder! Wat hat der dat Kettche gedahn, saog!«

»Mir – mir gedahn?!«

Sie ließ die Mistgabel fallen und trat dicht an ihn heran; ihre geblähten Nasenflügel bebten, ihr Mund zuckte wie von verhaltenem Weinen. Sie ballte die Faust: »Och dat! Du saost et sälwer, hammer net achtunzwanzig Jaohr geläwt wie im Paradies?! Haha! Dat haot eweil en End. Unnen im Dorf laachen se: Olau, so dumm! Mer muß sech scheniere. Achtunzwanzig Jaohr waorste gud genug, om dich fordän Mosjö ze plagen, ze travalljen wie en Peerd! Wuh sein meine guden Jaohr – hä, du?!«

Sie trat ihm noch näher; das Kopftuch war ihr heruntergerutscht, er sah die grauen Fäden in ihrem Haar.

»Ech waoren aach siebenziehn Jaohr wie dat Kettche, ech hatten aach Backen wie en Appel. Fraog noren dän Hannes unnen zu Meerfeld, un dän Nikla owen zu Manderscheid, un dän, un dän! Ech konnten ihrer mieh kriehn wie dat Kettche, dat dumm Dingen! Äwer ech haon keinen angesiehn. Du gingst noch in de unnerste Klass' – wän sollt for de Wirtschaft sorgen, uns Bißche zusammenhaalen, wat de Eltern hinterlaß haon? Un du hingst mer alleweil am Schürzenzippel, un wann jemand nor for Spaß saot, hän wollt dein Maria wegholen, dann dähtste kreischen. Un duh saot ech: ›Nä, nä, laoßt mech all zefrieden, uns Modder sälig haot hän mer in den Arm geläjt – nä nä, ech bleiwen beim Josefche!‹

Marias Stimme hatte das Schrille verloren – nach und nach; als fiele aller Zorn ab, je mehr die Erinnerungen herandrängten und am Herzen rüttelten.

Josef sprach kein Wort; wie gebannt starrte er auf die grauen Fäden, die das Haar der Schwester durchzogen.

Und sie sprach weiter, ihre flache Brust hob sich stolz: »Un ech haon der aach ebbes geschafft. Als uns Modder starw, hatten mir noren ein Kuh; als uns Vadder starw, hatten mir aach noch net mieh – äwer eweil hammer zwei Küh, un zwei Ziegen, un zwei Schwein, un –«

Er unterbrach sie, ganz überwältigt von einer Erinnerung: »Jao, jao, ech weiß noch, als du uns erscht Schwein gekaaft hatt'st! Dän Dag vor meiner erschten heiligen Kommunion! Ech hatten meinen staatsen Rock anprowiert un de neien Stieweln – Jesses, waoren ech esu nobel! – duh riefste uf'm Hof: ›Kuck, Josefche, uns Schwein, uns Schwein!‹ Duh liefen ech rasch für ze kucken. Un dat Schwein rannt mech üwer – bonz onnen, bonz owen, duh lagen ech im Dreck!«

Mit einem nicht enden wollenden, schallenden Gelächter klatschte er sich auf die Lenden. Auch der Schwester herber Mund verzog sich zu einem Lächeln. –

Von der Geschichte mit dem Schwein waren sie ganz hingenommen, liebevoll versenkten sie sich in alle Einzelheiten. Dem Josef schien die Maria lange nicht mehr so umgänglich gewesen; und sie wiederum sprach in einem Ton, als sei der stämmige, starkknochige Bauer mit dem Stiernacken noch der kleine Bruder, den man ihr einst anvertraut hatte – ›Gib Obacht, Maria‹ – der kleine Bruder, der sich nachts fürchtete und nur in ihrem Bett schlafen wollte – der Bruder, der all sein Lebtag von der älteren Schwester abhängig gewesen war.

Mechanisch hatte sie die Mistgabel wieder aufgenommen, aber sie setzte die Arbeit nicht fort, sondern stützte sich nur auf den starken Holzstiel, stemmte das Kinn auf die aufgestützten Hände und las so dem Bruder die Worte von den Lippen.

Ihre Gesichter waren sich ganz nah, Auge in Auge, fast Wange an Wange; ihre Atemzüge vermengten sich.

»Weißte noch?« fragte Josef.

Maria antwortete: »Jao, jao, ech weiß!«

Und dann fragte sie, mit merkwürdig gedämpftem Klang ihres scharfen Organs: »Josef, weißte noch?«

Und er antwortete lachend: »Der dausend, Maria, justement haon ech daodran gedaach!«

Sie erzählten und erzählten, zogen die Mäuler breit und stießen sich gegenseitig mit den Ellbogen an. Zuletzt lag der Schwester Hand auf der Schulter des Bruders.

Plötzlich schreckten sie auf. Die Bläß hatte kräftig mit dem Schwanz nach rechts und links geschlagen, sich umgesehn, als sei sie verwundert, und dumpf gebrüllt.

»Jesses!« Maria lud hastig die Gabel voll. »Duh stieht mer nau un faullenzt!«

»Hü!« Josef machte sich daran, das unruhige Tier loszubinden.

»Komm ehs, Maria! Laoß das Kettche hei färdig maachen!«

»Kettche –!« Maria war zusammengezuckt und ließ die Gabel aufs Pflaster klirren.

Er hörte es nicht; sein Ohr glaubte ein leises Kichern vernommen zu haben – dort von der Luke kam's, die aus dem Bodenverschlag nach dem Hof ging – und dahin lauschte er jetzt mit allen Sinnen.

Aber jetzt zeterte Maria los, ganz im alten scharfen Ton: »Kettche hin, Kettche här! Ech haon't der gesaot, ech leiden et net mieh in meim Haus. Verstannen?!«

Ihr Ton empörte ihn, der Umschwung war zu jäh. »Du leidst et net?! Äwer ech! Verstannen?!«

Sie lachte ihm ins Gesicht.

Das schwere, dicke Blut stieg ihm zu Kopf.

»Maach!« sagte er drohend.

»Haha« – ihre Stimme klang grell und mißtönend – »spill dech nor net esu uf! Wat du saost!« Sie schnippte mit den Fingern. »Ech leiden dat Mensch net!«

»Et bleiw!« schrie er sie an.

»Et bleiwt net!« Sie stemmte die Arme in die Seiten.

Immer lauter erhoben sich die Stimmen.

»Un ech saon der, dat Mädche bleiwt!«

»Un ech saon der, et gieht! Ech duhn, wat ech will, in meim Haus!«

»In deim Haus?!« Nun lachte er ein schwerfälliges, rauhes Lachen. »Wuh es dann dein Haus? Ech kennen dein Haus net. Hei dat es mei Haus, un kein annren hat drin zu kommandieren wie ech. Mein Haus, mein Haus!«

Sie sah ihn starr an. Die heiße Röte auf ihrem Gesicht hatte einer fahlen Blässe Platz gemacht. Mit beiden Händen fuhr sie sich nach dem Halse, als würge sie da etwas. Ihre Lippen zitterten.

»Wem et net gefällt hei in meim Haus, dän kann giehn,« schrie er grob.

Da stieß sie heraus: »Esu hammer net gewett! Et es mein Haus. Ech han alles erarwied – mein is et!«

»Oho! Ech sei dän Sohn! Ech haon et ererwt! Ech sein dän Bauer! Biste ruhig?! Sieh bei de Hähren uf't Gerich, duh kannste't läsen, schwaarz uf weiß: mein is et!«

Mit funkelnden Augen maßen sie sich, die Köpfe mit den kantigen Stirnen vorgestreckt, als wollten sie sich gegenseitig die Schädel einrennen. Sie hielt die Mistgabel umklammert wie eine Waffe; er ballte die Fäuste und brüllte: »Ke Wort mieh! Voran gemaach! Spann an!«

Das war zu viel. Sie kreischte auf: »Meinste, ech laossen mech von dir kommandieren? Du dummen Jong, noch lang net! Ech giehn!«

»Gieh waor de willst!«

»Ech giehn aach. Äwer vorerscht zaohlste mech aus, bei Heller und Penning!« Drohend schwang sie die Gabel, er schlug sie ihr aus der Hand.

»Gieh bei de Hähren uf't Gerich,« äffte sie ihn nach, »duh kannste't läsen, schwaarz uf weiß: ech haon mein Deil ze kriehn. Hä, mei Geld!« sie hielt ihm die flache Hand hin.

Betroffen wich er zurück; trotz seiner Wut dämmerte es ihm: sie hatte recht! Mit einem Fluch fuhr er sich in die Haare. Wenn sie Auszahlung verlangte?! Bar Geld hatte er nicht. Er mußte verkaufen, verkaufen! Hof hin, Haus hin und Acker – – – –

In stummer Ratlosigkeit stierte er drein.

»Wie du mir, su ech dir,« sagte sie hart.

Ihre Blicke kreuzten sich feindselig in stummen Trotz.

»Un ech heiraoden dat Kettche doch!« stieß er plötzlich heraus und stampfte mit seinem derben Nagelschuh auf, daß das Pflaster dröhnte.

»Heiraoden –?! Uf wat dann?« höhnte sie. »Äwer meinswäjen, heiroad! Zaohl mech aus! Ech heiroaden aach!«

In maßlosem Erstaunen riß er den Mund auf und starrte die Schwester an mit vorquellenden Augen. Die und heiraten!? Er mußte laut auflachen.

»Jao, heiraoden, warum net? Meinste, ech kriehn keinen mieh? Dän Nikla vom Mosenbauer nimmt mech alle Dag!«

»Dän –?!« Er zuckte verächtlich die Achseln. »Dän schuns im Kittche gesäß haot, dän amseligen Knecht?!«

»Knechte gänn Hähren!«

»Hän es kaum zwanzig!«

»Schadd neist!« sagte sie trocken. »Es dän Mahn jung, de Frau alt, gift et en kleinen Haushalt!«

»Ech leiden et net! Du bis doll!«

»Ackerat so wie's du! Ech dän Knecht – du de Magd!«

Sie brach in ein gellendes Gelächter aus, warf den Oberkörper hintenüber und fuchtelte mit den mageren Armen in der Luft herum. »Oder vielleicht es dän Kämpenich unnen von Meerfeld mieh nach deinem Ehs. Gesetzt genug es dän – neun Könner haot dän – verchuld't es dän aach, dem kommen mein' Groschens gud zu Paß.« Sie streckte dem Bruder beide Handflächen hin: »Zaohl mech aus!«

»Haal dei Maul!« Er packte ihre Hände, ihre Arme, und rüttelte sie. Eine sinnlose Wut überkam ihn, als er ihr hohnlachendes Gesicht sah, als er ihre Knochen unter seinen Fäusten fühlte. Laute ausstoßend wie ein wildes Tier, drängte er sie Schritt für Schritt rückwärts; mit einem Krach warf er sie dann gegen die Hinterwand des Stalles.

»Verdammtes Fraumensch!«

Sie taumelte von dem Stoß und fiel schwer auf die Knie.

Er stand über ihr mit geschwungenen Fäusten, ein wildes Flackern in den Augen.

»Schlaog!« ächzte sie, ohne sich nur die Arme zum Schutz über den Kopf zu halten. »Ech leiden dat Kettche net! – Schlaog zu!«

Ein tiefes Atmen ging durch den Stall – ein Schnaufen – ein Stöhnen – –

»Nä,« sagte er plötzlich kurz und wendete sich ab. Neben die Bläß tretend strängte er sie los, dann die Braune. »Hüh, voran!«

Jeder gab er einen Schlag und einen Fußtritt, daß sie mit gehobenem Schwanz und erschrecktem ›Muh!‹ zur Stalltür hinaus auf den Hof stürzten.

* * *

Unter dem stählernen Himmel fuhren die Geschwister hin.

Langsam, halb im Schlaf, zogen die Kühe an; die Räder des Karrens knarrten und quietschten und holperten in den ausgetrockneten Geleisen des Weges. Die weißen Häuschen von Bettenfeld, die wie Spielzeug über die grüne Matte verstreut liegen, waren verschwunden.

Die weite Hochlandseinsamkeit dehnt sich aus. Grün die Halden, grün die runden Bergkuppen, grün und kurzrasig, ohne Bäume und ohne Schatten. Blendendes, flimmerndes Licht überall. Ein sengender Geruch steckt in der Luft; das junge Gras, kaum dem vom Winterschlaf erwachten Boden entsprossen, ist schon verbrannt bis in die zarten Wurzeln. Die Luft steht still; da rührt sich kein Gräschen. Der Himmel spannt sich in einem unbarmherzigen Glanz, ungetrübt bis zum fernen Horizont; hart, blank, wie ein eherner Schild.

Glanz, Glanz überall. Das Auge tränt und blinzelt und senkt sich scheu, die gerötete Stirn schmerzt, die Brust atmet beladen vom schweren Druck der Luft.

Müdes Schweigen. Unterm glühenden Sonnenstrahl duckt sich das Leben, wagt keinen Laut. Erstorben ruht das Hochland, ausgesogen, ausgebrannt, ganz überschüttet von gewaltigen Fluten brennenden Lichts.

Und auf die große Stille nieder blickt der Herr des Hochlands, der all die Kuppen weit überragt, der Mosenkopf mit seinem öden Kratergipfel, dunkel und drohend.

Immer rauher wird der Weg – hier ein Lavablock, dort ein Lavablock – sie liegen, schwärzlichen Ungetümen gleich, im grünen Gras. An ihren Rücken in die Höhe steigen dornige Ranken, und in ihrem spärlichen Schatten weidet die Schweineherde von Bettenfeld. –

Inmitten seiner Herde stand der Hirt; der zerfetzte Mantel hing ihm schlaff über den Rücken, die Schnapsflasche guckte aus der Lederhose, die Sonne brannte durch seinen löcherigen Hut. Er grinste und brummte, nahm sein gewundenes Horn und tutete hinein – langgezogene, unmelodische Töne, die wie Klagerufe in die Weite irrten und versiegten im Sonnenbrand.

Als der Karren des Wallscheider vorüberhumpelte, ließ der Hirt das Horn fallen und zog die Schnapsflasche hervor; mit einem Grinsen hielt er sie dem Bauer entgegen.

»Sauf – sauf,« lallte er, »dat Kettche – dat Kettche – hihihi!«

Josef tat, als sähe er den Alten nicht, blickte starr geradeaus und ließ mit einem ungeduldigen »Hott, hahrüh!« den Kühen die Peitsche auf den Rücken sausen, daß sie, aus ihrem Halbschlaf aufgeschreckt, davonjagten, mitten zwischen die Schweine.

Der Hirt schimpfte, das Rüsselvieh stob grunzend nach allen Seiten, Maria lachte – ein böses, scharfes Lachen – und Josef fluchte in sich hinein. Mußte ihnen der auch gerade jetzt begegnen!

Ingrimmig hieb er auf die Kühe, rascher rollten die Räder, aber der Alte lief nebenher. Er hatte die Rechte auf den Karrenrand gelegt, in der Linken schwang er die Schnapsflasche; er lachte und schimpfte in einem Atem. Das Kauderwelsch seines zahnlosen Mundes war schwer zu verstehen, nur ein Name stach deutlich daraus hervor: ›Kettche‹ und wieder ›Kettche‹.

Und hinten im Karren, zwischen den Säcken mit Saatkartoffeln, kauerte Maria; und wenn der Bruder vorn auf dem Brett sich auch nicht umdrehte nach ihr, er glaubte doch das schadenfrohe Leuchten ihrer Augen zu sehen und das höhnische Zucken ihres Mundes.

»Laoßt los!« schrie er den Alten an. Aber in tollen Sprüngen setzte der Simpel nebenher und lallte und grinste und juchzte.

»Ech gradelieren aach zum Schwiegervadder,« sagte plötzlich Maria laut und langsam. Es war das erste was sie sprach; schweigend hatten sie den Hof verlassen, schweigend waren sie bis hierher gefahren.

Josef zuckte zusammen, das Rot des Zornes und der Beschämung stieg ihm glühend zu Kopf; mit einem Fluch hob er die Peitsche und sich halb umwendend, schlug er nach dem Alten: »Läßte los!«

Mit dumpfem Heulen ließ der Blöde den Karrenrand fahren; wie vom Veitstanz befallen hüpfte er auf einem Bein herum. Sein von grauen Bartzotteln überwuchertes Gesicht verzog sich zu einer kläglichen Grimasse; er weinte wie ein Kind.

Maria lachte laut auf.

Da ballte der Alte die Fäuste: »Deiwel, Deiwel« und spuckte hinter dem davonrumpelnden Karren drein.

Immer glühender wurde der Sonnenbrand, immer drückender die Luft.

Die Geschwister sprachen kein Wort.

Josef saß auf seinem Brett, ließ den Kopf auf die Brust hängen und brütete in sich hinein. Seine Stirn war dunkelrot, sie glühte in einer trocknen, verzehrenden Hitze. Vor seinen Augen tanzte der flimmernde Staub des Weges in lauter roten Punkten; einem feurigen Band gleich lief die Straße dahin, und Feuer, Feuer lief ihm auch durch die Adern. Vor seinen Ohren war ein Sausen wie von Flammen, die ein Sturmwind zu immer höherer Glut anfacht. Durch das Sausen, weit, weit hörte er das Geheul des Blöden und nahe, ganz nahe das Lachen der Schwester.

Was ging ihn der Vater an?! Das Mädchen wollte er. Jetzt gerade!

Er stieß mit dem Fuß aus, als schleudre er so einen Stein aus dem Acker.

Wie alert und hübsch die war! Das fiel ihm erst recht auf, wenn er seine Schwester ansah. Und küssen konnte die! Unwillkürlich wischte er sich mit der verkehrten Hand über die trockenen Lippen. Noch fühlte er im verdunkelten Flur die weiche Gestalt an seinem Halse hängen, ihr Mund preßte sich auf den seinen, er wurde wie Wachs, so hart er sich auch stellte. Nein, was die Maria auch sagte ...

Er biß die Zähne aufeinander und dachte an den gestrigen Abend. Da war er noch einmal aufgestanden – er hatte schon im Bett gelegen – und war, barfuß, damit ihn die Maria nicht hörte, auf den Hof geschlichen, wo der Pumpenschwengel leise quietschte und das Kettchen stand, hemdärmlig, im kurzen Rock. Da hatte sie ihn genarrt, war zärtlich gewesen und doch spröde und er hatte ihr die Heirat versprochen.

Ja, haben mußte er sie – haben! Eine Gier überkam ihn und zugleich eine unbezähmbare Wut.

Halb sich umwendend schielte er nach der Schwester. Die saß unbeweglich, den Rücken ihm zugedreht. Er sah nur ihre Schulterblätter, die herausstanden wie bei einem abgearbeiteten Pferd, ihr rotes, knochiges Genick und die dünnen Haarzöpfchen.

Und die wollte auch noch heiraten?!

Derentwegen sollte er seinen Hof verkaufen, der ihm allein zukam von Gott und Rechts wegen?!

Der Zankteufel! Das tat sie ihm nur zum Tort, jetzt, wo er sich nicht mehr kommandieren lassen wollte, wie er sich immer hatte kommandieren lassen – aber wart!

In einem grimmigen Lächeln zogen sich seine Lippen von den Zähnen zurück und entblößten die starken Hauer.

Er hob die Faust – höher – höher –

›Josef, se wird mir doch neist anduh?! O, ech sein esu angst – se will mech schloan‹ – – – –

Das war Kettchens Stimme! Er sah wieder in ihre angstvollen Augen.

›Schloan, schloan,‹ raunte etwas in ihm, und rüttelte ihn, daß er bebte.

Er wußte nicht mehr was er tat und dachte; in seinen Schläfen stach es, seine Pulse hämmerten, sein Stierkopf beugte sich vor, als wolle er eine Wand einrennen – durch! Jawohl, aber da stand jenseits die Gestalt der Schwester hager und doch breit, die Beine fest aufgestellt, die Hände in die Seiten gestemmt, mit der Stirn, härter wie der härteste Stein am Mosenkopf: ›Ech leiden et net!‹ Eine ohnmächtige Empörung packte ihn, eine sinnlose Verzweiflung. Fort – er stieß mit beiden Füßen – die da, fort! Fort, die sich da hinstellte breit und frech!

Josef schnappte nach Luft: ha – wär' die nur tot!

Jäh hatte ihn der Gedanke durchzuckt nur für die Dauer eines Augenblicks; aber schon war der Gedanke zum Wunsch geworden, der ihn durchbrannte vom Scheitel bis zur Sohle.

Brütend saß Josef Wallscheider, ganz in sich versunken.

Und hinten im Karren saß Maria Wallscheider, hatte die Hände im Schoß verschlungen, als ob sie einen Rosenkranz bete; aber sie betete nicht. Ihre Gedanken irrten umher, immer wieder kehrten sie zu dem Bruder zurück.

Also dafür hatte sie ihn aufgezogen, daß er sich die hergelaufene Magd an den Hals hing und einen trunkenen Simpel Vater nannte? Sie dachte nicht mehr daran, daß ihr mühsam Erarbeitetes und Gespartes von dem leichtsinnigen jungen Ding verbraucht werden würde, das nun im Federbett der Eltern schlafen und das schwarze Hochzeitskleid der seligen Mutter tragen sollte – sie dachte jetzt nicht mehr an sich, nur an den Bruder.

Die Wut war verraucht und all die anderen Gefühle, mit denen sie gestern abend dem Geflüster auf dem Hof gelauscht hatte. Dachte der Bruder, dessen Schritt sie so genau kannte, sie hätte ihn nicht aus der Kammer schleichen hören?! Auch sie schlich ans Fensterchen, und stand und belauerte die beiden, die als schwarze Schatten im Mondschein auf dem Brunnentrog saßen und sich umhalsten.

Jetzt fühlte sie keine Eifersucht mehr, eine andere Empfindung war erwacht. Ein starker Quell war in ihr aufgesprungen, der ihr Herz füllte bis zum Rand – das Muttergefühl, jenes große, seltsame, mit dem sie einstmals, selbst noch ein Kind, das kleinere Kind in ihre Arme geschlossen.

»Heilige Maria, Moddergotts, durch deine Seele gehen sieben Schwerter, bitt' für mich!«

Gern hätte sie den Bruder angerufen: ›Du, Josef neist for ungud!‹ Aber das durfte sie doch nicht, sie war ja die ältere.

Und so preßte sie die zuckenden Lippen zusammen, daß kein Schluchzen sich ihnen entrang. Und sie senkte die Stirn immer tiefer in einer schmerzvollen Sehnsucht – nichts, nichts hatte sie auf der Welt als den kleinen Bruder! In einer stumpfen Traurigkeit fuhr sie dahin, das Gesicht zu Stein erstarrt. –

– –

Die Sonne stand schon fast im Mittag, als sie den Acker erreichten.

In stummer Wut warf der Bauer die Säcke vom Wagen, in stummer Wut schirrte er auch die Kühe vor den Pflug und in stummer Wut zog er die Furchen, in denen die Schwester hinter ihm dreinschritt und die Stücke der Kartoffeln, Schritt um Schritt, in die Furche legte.

Nun waren sie schon siebenmal den Acker auf und nieder geschritten; noch immer sprachen sie kein Wort.

›Tot – tot – – –!‹ summte es in Josefs dickem Schädel. Weiter dachte er nichts; nur an dies eine Wort klammerten sich seine Gedanken. Mechanisch hob er die Peitsche, wandte den Pflug und trottete voran. Er hörte nicht, daß die Schwester hinter ihm drein keuchte; stark schritt er zu, ohne anzuhalten.

Es wurde ihr schwer zu folgen, aber sie sagte nichts; unermüdlich griff ihre Hand in die Schürze und senkte sich dann zur Erde. Den gekrümmten Rücken richtete sie gar nicht mehr auf. Sie sah nicht mehr empor zum Himmel, nicht in die sonnige

Weite, nur auf der nägelbeschlagenen Schuhsohle des Bruders hafteten ihre Blicke, in seine Fußstapfen trat auch sie. Dicht folgte sie dem blanken Eisen des Pfluges.

Furche auf, Furche ab – Kartoffel um Kartoffel.

In eine Wolke rötlichen Staubes gehüllt waren Pflug und Kühe, Bruder und Schwester.

Kein Laut rundum. Glitzernd und gleißend lag das Hochland, die Sonne brannte und stach und biß. Vom Tal links, vom Tal rechts stieg ein glühender Brodem auf und kroch schwer über den einsamen Acker auf freiragender Höhe. Kein Windhauch.

Selbst das Wildwasser unten im Fischbachtal rauschte nicht mehr herauf. Und kein Rauschen stieg empor aus Wälderkronen; starr ruhten drunten die Baumwipfel, kein Lüftchen lispelte in den Blättern. Die Vögel sangen nicht, die Grillen zirpten nicht mehr. Schwüler ward es, immer schwüler. Lastend deckte der Himmel die Erde.

Noch schien die Sonne, aber ihr Schein war falsch. Und das falsche Gold blinzelte tückisch über Acker und Höhen, lächelte noch einmal betrügerisch hinunter ins Tal und war dann plötzlich verschwunden.

Dort, rückwärts, auf dem Gipfel des Mosenkopfes, thront eine Wolke, weiß und fest wie ein kleiner Ball – und da, auf der Höhe jenseits des Fischbachtals, thront auch eine. Die beiden Bälle lauern gegenüber wie zwei Gegner. Kein Atemzug, alles Erwartung. Noch stehen sie still.

Die siebzehnte Furche war abgeschritten, nun ging's in die achtzehnte.

Der Pflüger war blind und taub; er hörte nicht das leise: ›Josef‹, das bittend hinter ihm erklang. Das finstere Gesicht mit stumpfsinnigem Ausdruck auf die Brust geneigt schritt er voran; schwer war sein Tritt und zerstampfte die Erde, seine Stirn krampfte sich zusammen, sein Mund verzerrte sich, seine Faust ballte sich um den Peitschenknauf, wie ein blitzendes Messer fuhr die Pflugschar ins Erdreich: – tot – tot –! Er knirschte mit den Zähnen.

Ha, was war das?! Die Kühe stutzen.

Er fährt auf, sein Mund öffnet sich zum wilden Fluch – – –

Über den Acker weg geht ein jähes Leuchten, rot, gelb und blau, wie von brennendem Schwefel. Ein Schlag trifft ihn vor den Kopf wie ein Beilhieb – geblendet, taumelnd, betäubt schließt er die Augen – krach, zugleich ein Donner, ein Schlag, kurz und furchtbar, der die Erde zu spalten scheint, den Acker mittendurch reißt und hinunter ins Tal fährt.

Stille.

Wie gelähmt steht er.

Und dann ein Laut – – –

Eine eisige Hand packt ihn ins Genick; er muß sich wenden. Zum ersten Mal sieht er zurück.

»Maria!«

Das ist ein Schrei, furchtbar wie die Stimme des Himmels. Gellend bricht sich der Angstschrei des Bruders an den Höhen und hallt im schauerlichen Echo wider.

Da liegt sie in der Furche, zusammengefallen wie ein Bündel Lumpen. Von ihrer linken Schläfe abwärts zieht sich ein Streif, unheimlich schwarz und seltsam, über die Wange, über den Hals. Ihr Kleid ist versengt; längs Ärmel und Rock, gerade herunter klafft ein Riß mit verkohlten Rändern, und der blaue Strumpf, halb heruntergerutscht von der Wade, brennt. Sie verdreht die Augen und stöhnt.

Es wird Nacht.

»Hilf! Hilf!«

Ein Mensch, sinnlos vor Entsetzen, brüllt in die verfinsterte Einsamkeit.

»Hilf! Zu Hilf!«

Und das Gewitter antwortet, Schlag um Schlag. Auf Blitz folgt Donner, auf Donner Blitz. Die Welt bebt.

»Zu Hilf! Maria – Maria!«

Er will sie aufraffen, schwer zieht ihr Körper ihn mit nieder; er liegt auf den Knien und hält sie in den Armen. Fahl ist ihr Gesicht im schwefligen Schein, schrecklich stiert der schwarze Streif aus der Todesblässe. Ihre Nase wird spitz, klebriger Schweiß rinnt über die Stirn. Sie ringt nach Luft, sie will sprechen und kann nicht.

»Maach Buß un Reu, Maria! Buß un Reu!«

Hastig faltet er ihre schlaffen Hände und spricht ihr vor, zitternd und stotternd:

»Ich bereu all meine Sünden aus Furcht vor Strafe – Herr erbarme dich meiner! Ich bitt dich demütig um Vergebung meiner Sünden – um ein gnädiges Gericht – sei mir gnädig! Ich armer Sünder bitt dich, erhör mich!«

Ihre Lippen zittern, sie bäumt sich in seinen Armen, ihre gefalteten Hände reißt sie auseinander und krallt mit einem Ächzen ihre Finger in seinen Kittel. Ihr brechender Blick sucht den seinen.

»Erbarm dich!« stöhnt er. »Jesus, Maria, Josef, euch schenk ich meine Seele!« Ein wunderbarer Ausdruck gleitet über das Gesicht der Sterbenden; aus ihrer Kehle dringt ein Gurgeln, ein Lallen:

»Josef!« Ihr blasser Mund verzieht sich zu einem Lächeln.

Und dann ein Seufzer aus den Tiefen der Seele. Schwer sinkt sie ihm an die Brust.

Sie fällt ihm aus den Armen – tot.

Und er heult auf wie ein wildes Tier und ringt die Hände, und stößt sich vor die Brust und schlägt die geballten Fäuste gegen die Stirn, und rauft sich die Haare und wirft sich über die Tote, und reißt sie in seine Arme, und drückt und schüttelt sie, und läßt sie wieder fallen, und springt auf und rennt davon, und kehrt zurück und wirft sich wieder bei ihr nieder, und springt wieder auf und tobt wie ein Rasender, und heult und heult.

Aber die Donner verschlingen seine Stimme, im Tosen der Lüfte verwehen seine Klagen in nichts. Der Himmel hat sich aufgetan, Ströme von Wasser stürzen nieder und ersäufen das Land. –

– –

Josef war still geworden. Er schirrte die angstvoll sich aneinanderschmiegenden Kühe vor den Karren, schleppte die Tote vom Acker und legte sie ins Gefährt.

Stumm schritt er nebenher.

Langsam, langsam; Schritt für Schritt.

Es tobt in den Lüften und tost und lärmt, ein tausendstimmiges Echo brüllt tausendstimmige Klagen. Blitze durchzucken das Dunkel und erhellen es doch nicht; Schreie der Angst stößt der Wind aus und wird zum Sturm, der den Regen peitscht.

Ein furchtbares Rauschen geht durch die Nacht, ein Sausen und Heulen, und dazwischen ein Dröhnen, ein Tuten und Gellen – das sind die Posaunen des Gerichtes, das Ende aller Tage ist da!

Die Kühe stutzen und scheuen – da – der Karren schwankt – da der Mosenkopf! Ein leuchtender Blitz enthüllt für Augenblicke seinen Gipfel.

»Alle Heiligen!«

Mit einem Schrei schlug Josef Wallscheider das Kreuz. Eine Gestalt war neben ihm aufgetaucht, groß und ungeheuerlich, in flatternden Fetzen und wehenden Zotteln. Und es quietschte und grunzte und drängte sich um den Karren.

»Zu Hilf! Zu Hilf!«

Ein wieherndes Lachen antwortete, ein blödes Gekreisch:

»Deiwel – Deiwel – hihihi!«

Da peitschte der Bauer die Kühe. Und das Lachen des Blöden hallte ihm nach, und das Dröhnen und Tuten des Hornes.

Zitternd stolperte Josef weiter; er schlug Kreuz um Kreuz, seine Lippen murmelten Gebete.

Er betete zu den heiligen vierzehn Nothelfern, zum heiligen Schutzpatron, zur schmerzhaften Muttergottes, den ganzen schmerzhaften Rosenkranz.

»Tränenvolle Mutter,
Betrübte Mutter,
Deines Sohnes beraubte Mutter,
Du Quelle der Tränen,
Bitt für uns!
Maria! Maria!«

Unablässig klang sein eintöniges Murmeln, die gefalteten Hände hielt er gegen den Mund gedrückt, seine Augen waren starr erhoben.

»Herz Mariä, mit dem Schwert der Schmerzen durchbohrt, erbarm dich meiner! Maria! Maria!«

Knietief watete er durch Wasser. Donner umgrollten ihn, Blitze umzuckten ihn; er merkte es nicht.

Endlich lichtete sich die Nacht um ein weniges – da war das Dorf, da sein Haus! Die Kühe hielten an.

Verwundert stürzten die Nachbarn heraus; sie rüttelten ihn: »Hä, Josef, wat es passiert?!«

Schon umringten sie den Wagen. Sie fanden die Tote starr und kalt, vom Regen durchnäßt, vom Hagel zerschlagen. Mit Entsetzensgeschrei und Gejammer schaffte man sie ins Haus.

Mit fliegenden Zöpfchen stürzte ihnen Kettchen entgegen. Ihre dunklen Augen funkelten neugierig; sie drängte sich dicht heran, ein hastiger Blick streifte die Leiche, sie kreischte leichthin auf, um sich dann rasch zu wenden: »Josef!«

Und schon hing sie dem Mann am Halse und flüsterte ihm ins Ohr und suchte seine Lippen.

Mit einem Fluch stieß er sie von sich. Und als sie noch stehen blieb und ihn anstarrte, riß er der Toten den Holzschuh vom Fuß und schleuderte ihr den ins Gesicht: »Gieh zum Deiwel!«

Er schwankt, seine Hände fassen ins Leere.

Stier wird sein Blick. Die Knie brechen unter ihm, mit dumpfem Laut sinkt er über der Schwester zusammen.

Seine Hände tasten über sie hin – zupfen hier, streicheln dort – nun umfassen sie ihren Kopf und richten ihn ein wenig auf. Lange starrt er ihr in die verglasten Augen.

Und nun schnellt er empor. Sein wilder Blick fährt umher, die Arme hoch erhoben stürmt er zur Tür. Rechts, links fliegen zur Seite, die ihn halten wollen. Schon ist er draußen.

»Ech giehn bei't Gericht!« Furchtbar verhallt sein Schreien : »Ech – ech haon se erschlaon!« –

* * * * *

Brennende Liebe

Es brannte im Dorf. Immer zur Nachtzeit; bald hier, bald da, nun schon an die acht Wochen. Eben war das Korn auf dem Feld in die Halme geschossen, als an einem dunklen Abend das erste Feuer ausgekommen war; seitdem hatte der rote Hahn wohl auf zehn Hütten gekräht.

Viel Schaden war zwar nicht entstanden: dem einen war nur das tiefhängende, mit Binsen und Stroh gedeckte Dach ein wenig angesengt worden; beim andern hatte die vom Winterschwein gesparte Speckseite, die von der Balkendecke herabbaumelte, ein bißchen gebrenzelt; beim dritten hatte das Reisig, das die sammelnden Kinder an der Seitenwand des Häuschens aufgeschichtet, geknackt und geknistert, bis die Frau, die der Säugling wachgeschrieen hatte, wähnte, draußen sei einer und hole ihr Reisig weg; beim vierten hatte der Kuh ängstliches Brüllen das Qualmen auf dem Futterboden verraten; beim fünften war's gar nicht erst ausgekommen, ein Regenschutt hatte den Dachstuhl begossen und gelöscht, was etwa im Gebälk nicht geheuer war. Immer war aller Heiligen Schutz sichtbar zu spüren gewesen.

Aber doch begann ein heimliches Grausen die Gemüter der Dörfler zu rütteln.

»Ech kurantören,« sagte ein ganz Kluger und zog das braune Leder seiner Stirn in bedenkliche Falten, »duh es einen Lauskerl, dän et anfänkt!«

Ja, so mußte es auch sein! Jemand war da, der das Feuer anlegte! Die Kinder konnten die Schuldigen nicht sein, die wurden an der Hand und in der Hotte mit ins Feld genommen, oder blieben sie einmal allein zu Haus, so versteckte die Mutter die Schwefelhölzer gewiß auf dem obersten Bord, wohin sie nicht langen konnten. Aber hatte die Ammei, die allein an der Wiege ihres kranken Kindes saß, als alle noch in der Abenddämmerung draußen auf dem Feld schafften, nicht einen vermummten Kerl zum Fenster hereingucken sehen? Und war dem Bräuer'sch Hubert, der in später Nachtstunde noch den Hof aufgesucht, nicht ein schwarzer Schatten vorbeigeschlüpft und im Heckengäßchen zwischen den Gärten entkommen?!

Es war kein Zweifel mehr, es gab einen Brandstifter – aber wo, wer war der Missetäter? Einer aus dem Dorf –? Nicht möglich!

Da kennt ja einer den andern viel zu genau, erfährt's täglich zu sauer am eigenen Leibe, wie schwer das bißchen Lebensnotdurft zusammengeschrapt ist, um aus reinem Übermut den Nachbar zu ängsten. Nein, es mußte schon einer von weiterher sein; einer vielleicht, der sich in der Welt umhergetrieben! Freilich, Handwerksburschen, Fechtbrüder, die – wer weiß?! – schon mit einem Bein im Zuchthaus stehen, passierten nicht das Dorf, das einsam auf dem Eifelplateau liegt, seine zwei schnurgeraden, dichtgedrängten Hüttenreihen in den Schutz eines schwarzen Tannenwäldchens stellt, dagegen seine weitentlegenen, dem Ödland abgerungenen Felder allen Eifelwinden und allen Pfeilen glutäugiger Sonne preisgibt.

Das kleine Dorf zitterte. Und bei der Angst war Neugier und bei der Neugier Wut. Wenn man den Kerl erwischte, man schmiß ihn von der Straßenböschung herunter in den Bach, daß er nie mehr auf die Beine kam! Oder man stieg hinauf zur Bergkuppe, die wie ein Kopf, auf dem Scheitel mit kurzem Gebüschschopf besetzt, über'm Dorf auftaucht, und hing ihn da an den zähen, im Wind schaukelnden Haselnußbaum, mit dessen Gerten man ihn erst weidlich verdroschen! Da würden die Kühe und Schweine, die der Dorfhirt auf kurzrasigem Anger hütete, was zu gucken haben und ihr Hirt, der Ofen- Willelm auch!

Und wie sie an den Willelm dachten, stockte ihnen plötzlich der Atem. War der nicht Heizer gewesen unten im Rheinland, jahrelang?! Der einzige aus dem Dorf, der nach seiner Militärzeit nicht heimgekehrt war, um den Acker mit seinem Schweiß zu begießen, sondern der unten geblieben war, wo die Welt lockt und die lieben Heiligen nur mehr in den Domen zu finden sind, aber nicht mehr auf den Straßen.

Es hieß, daß man in den Fabriken auch schwer arbeiten mußte – mochte sein, aber sicher doch lange nicht so schwer, wie man hier oben arbeitete, wo einem im Mai gar oft noch die Feldfrucht erfror und die Kartoffel schon wieder im September. Der Ofen-Willelm hatte da unten weiter nichts zu tun gehabt als Glut zu schüren. Heizer war er gewesen, Nachtheizer in der Fabrik; aber alle Tage hatte er verschlafen können, in einem faulen Leben sein sicheres Geld verdient – bloß für's Feueranzünden!

»Hm!« Der Gemeindevorsteher kratzte sich den Kopf, als ihn etliche mit der Nase auf den Ofen-Willelm stießen. Was, der sollte das Feuer gelegt haben?! 's war freilich ein merkwürdiger Kerl, ja da hatten sie wohl recht, ein ganz Kurioser, anders wie andere, das kam eben vom Leben draußen – aber ein Brandstifter? Nein! War nicht seine Mutter die Witwe Driesch, ein kreuzbraves Weib, eine gottesfürchtige Frau dazu, vor der jeder die Mütze herunter tun konnte?!

Weit wies der Gemeindevorsteher die Petzer und Zuträger von sich; aber als ihm bald darauf, in einer Sonntagnacht, der Heuschober abbrannte, den er am Samstagabend erst fertig gesetzt hatte, dicht hinter seinem Zaun, begann er doch auch zu schnuppern. Von des Ofen-Willelm Hütte her fing es auch ihm an, brenzlig zu riechen. Was, sollte am Ende der Ofen-Willelm das Feuerstochen nicht lassen können? Der war seit Winter wieder im Dorf; im grauen Winter war nie etwas ausgekommen, aber nun, seit die Sonne schien, seit die am Himmel lohte, die Hütten und die Tannen, die Äcker und den Bergkopf Tag für Tag mit ihrer roten Glut überschüttete, seit der struppige Gebüschschopf flammte und die Kiesel im versiegten Bach Funken sprühten und auf sonnenhartenWegen der trockene Staub blendete, seitdem– –!

In des Gemeindevorstehers Kopf wogten seltene Gedanken; er besprach sich mit dem und jenem, recht heimlich. Hinter der Scheunenwand tuschelten sie wie verliebte Paare, oder weit draußen auf flachem Feld, wo nur die heiße Luft zitternd lauschte. Mit den Gerichten was zu tun zu haben, ist immer eine üble Sache, man weiß nie, ob man Recht kriegt oder Unrecht; doch eh' man sich das Dorf anstecken ließ, jetzt gerade, da der Brunnen anfing spärlich zu spenden, jetzt, da selbst der Bach im kühleren Grund nur mehr ein dünnes Rinnsälchen über blanke Steine sickern ließ, jetzt, da man an die Ernte denken mußte – sie war heuer reichlich, aber wer konnte Mut haben, sie in die Scheunen zu sammeln? – hieß es: lieber verklagt, als beklagt.

* * *

Ein warmer Abend war's nach sonnenfrohem Sommertag, als der Fußgendarm aus der nächsten Bürgermeisterei und der Gemeindevorsteher zusammen nach der Hütte der Witwe Driesch stapften.

Kathrein Driesch kochte das Abendmus. Eben hatte ihr Willelm die Herde eingetrieben; noch zitterte der letzte Ton seines Tuthorns in den Lüften, jede Kuh war gehobenen Schwanzes in ihren Stall gerannt. Nun hatte der Hirt auch Feierabend. Er saß beim Herd auf dem Schemel, hatte den Napf auf dem Schoß, den Löffel in der Hand, und die Mutter tat ihm auf. Aber er sah nicht die bräunlichen Speckgrieben, die wie leckere Fischchen im Mehlbrei auftauchten; unverwandten Blickes schaute er ins Herdloch, drin Funken sprangen.

Die Mutter sprach:

»Jong esu äß doch!« fischte aus ihrem Napf die Speckgrieben und tat sie ihm auch noch auf. Ihr Willelm aß die gern, und war der Speck auch sündhaft teuer, der Jung mußte alle Abend sein Geschmelztes haben. Was hatte er denn sonst auf der Welt? Gar nichts! Der arme Jung!

Von fünf Söhnen war er der letzte – zwei klein gestorben, zwei in Frankreich gefallen – immer hatte sie sich dreingeschickt und Amen gesprochen. Aber daß der Willelm da unten sich so zu Schanden gearbeitet hatte, daß er ins Krankenhaus gemußt und dann für invalide erklärt worden war auf seine besten Jahre, das grämte sie. Er hatte nun freilich hier oben den Posten als Gemeindehirt bekommen, aber war das wohl ein Amt für einen, der immer klüger gewesen war als die andern von seinem Jahrgang? Der heut noch klüger war als alle, die nach ihm dem Herrn Lehrer durch die Finger gelaufen, der eigentlich geistlich hätte werden müssen, wenn's Geld dazu vorhanden gewesen wäre? Säue hüten und Kühe treiben, das kann auch ein Trottel!

Die Mutter unterdrückte einen Seufzer und strich ihrem Willelm den buschigen Haarschopf aus den Augen.

Er brummte nur, und als sie ihm ermunternd zuredete: »Esu äß doch, – esu lecker – Schweinsgriewen un Buchweizenmehl!« – löffelte er sich gedankenlos etwas ein und ließ es bei der andern Mundecke wieder herauslaufen. Seine Stirn blieb gerunzelt, und vom Hinterkopf, wo der Schädel durch spärliche Haarreste nur unvollkommen gedeckt war, schien ihm ein Zucken herabzulaufen nach dem Genick und den Rücken lang in einem leichten Rieseln. Seine Augen blieben starr, ganz abwesend, bis sie jetzt plötzlich an zu rollen fingen von oben nach unten, von rechts nach links; unstet folgte sein Blick den springenden Funken im Herdloch.

Die Mutter betrachtete den Sohn unverwandt, während sie leise, ohne das gewohnte Schlürfen und Schnalzen des Behagens ihren Napf auslöffelte. Sie verscheuchte die Katze, die sich schnurrend heranschlich und ihren Kopf an den Beinen des Mannes rieb, mit stumm-drohender Gebärde. Sie selber wagte kaum zu atmen. Was mochte der Willelm denken, daß er so stumm war? Früher, im Winter, war er viel parlanter gewesen. Was hatte er da nicht alles erzählt von den Fabriken unten mit ihren Rädern und Walzen, mit ihren Schornsteinen und Kesseln, mit ihren Öfen, die einen Bauch hatten wie ein Bierfaß zur Kirmes – nein, noch viel größer, groß wie die leibhaftige Hölle, darin ellenhohe Flammen brennen! Er war an die Hitze gewöhnt, nun fror er immer, der arme Jung! Jetzt, selbst im Sommer, wo andere den Schatten suchen, stellte er sich in die pralle Sonne oben am Anger, kaute an seinem Kanten Brot und blickte starr ins feurige Gold am Himmel. Aber heiß genug, sagte er, würde ihm doch nicht; den ganzen Tag mußte sie im Herd feuern, so viel Reisigholz und Tannenäpfel war sie sonst im strengsten Winter nicht sammeln gegangen.

Sich den niederrinnenden Schweiß vom Gesicht wischend und das kattunene Tuch am mageren Hals ein wenig lüftend, raffte Kathrein Driesch ein neues Bündel Reisig vom Estrich hinterm Ofen auf, brach's knackend über dem Knie in kleine Stücke und stopfte alle zugleich noch dem Herd in den Rachen. Der platzte fast.

Aber mit einem Stöhnen, mit einem Schauer des Frierens rieb sich der Sohn jetzt die Hände, und dann sagte er langsam, stockend, als mache ihm jedes Wort Mühe, und doch mit innerer Hast:

»Modder – gieh – schlaofen!«

»Jao, jao,« sagte sie und faßte schon nach ihrer Haube, wußte sie doch, daß, wenn der Willelm nicht seinen ›gud Schuhr‹ hatte, er leicht ungeduldig wurde. So wollte sie ihm denn rasch den Willen tun, sich 's Deckbett über die Ohren ziehn, wenn auch draußen noch Leben war. Von fern klang Mädchen-Gekreisch und das Dengeln von Sensen.

Auch Willelm lauschte. Er war jetzt aufgestanden; den Kopf weit vorstreckend, daß sich ihm die Stränge am Hals zerrten, verharrte er unbeweglich. Die Knie hielt er eingeknickt, die Lippe hing ihm. Nur die Augen des finsteren Gesichts fuhren beständig umher, lauernd, geängstet wie bei einem Tier, das gejagt wird und das doch selber jagen möchte. Die Nüstern der stumpfen Nase blähten sich witternd.

Durch die tiefer und tiefer werdende Dunkelheit der Bauernstube tönte jetzt das betende Leiern der Alten:

»Gegrüßet seist du, Maria, voller Gnaden
Der Herr ist mit dir,
Gebenedeit bist du unter den Weibern
Und gebenedeit die Frucht deines –«

Sie unterbrach sich, ihres Sohnes gedenkend:

»Willelm!« Und als er nicht kam, kletterte sie noch einmal aus dem Bett, tappte sich auf bloßen Füßen zum Sohn hin, machte dem Vierzigjährigen, wie sie es einst dem Vierjährigen getan, das Zeichen des Kreuzes auf Stirn und Brust und tappte dann befriedigt wieder zurück. Gleich darauf schnieften schon ihre ruhigen Atemzüge.

Ein seltsames Lachen verzog das düstre Gesicht des Sohnes: nun schlief sie – nun schlief sie – nun ging er – seine Öfen anstecken – huh, ihn fror – da wurde er wieder warm – hei, wenn die Funken tanzten und die rote Glut fauchte, einem entgegenschlug, als wollte sie einem das Hirn ausdörren – heiß, immer heißer – – – ha, wer kam da, wer wollte ihn stören?!

Zusammenschreckend blieb er plötzlich stehn, die Stirn wie im Schmerz krampfend.

Außen drückte eine Hand kräftig auf die Klinke; die immer unverschlossene Tür gab nach, und aus der weichen Dämmerung des milden Sommerabends traten der Gendarm und der Gemeindevorsteher in die überheizte Dunkelheit der Witwenstube.

»Schlaoft Ihr eweil schon?« sagte etwas verlegen der Gemeindevorsteher. »Häh, Kathrein, eskusört! Hört ehs!«

Aber der Gendarm hatte den, deswegen sie kamen, schon beim Kragen gepackt und ihn niedergeduckt mit einer Faust, die an Widerstreben gewöhnt war.

Ofen-Willelm dachte nicht daran, sich zu sträuben; scheu die Schultern hochziehend und den Kopf zwischen die Schultern steckend, duckte er sich. Nur einen unzufriedenen, unbehaglichen Laut stieß er aus, wie unsanft aus dem Schlaf gestörte Kinder tun.

Die Alte, die der laute Ruf des Gemeindevorstehers nicht geweckt hatte, wurde jetzt sofort wach und setzte sich im Bette auf:

»Willelm, wuh biste? Wat haste, Willelm?«

»Hän es hei – nor ruhig,« sagte der Gemeindevorsteher und tappte nach dem Herd, die Glut aufzustören, daß sie hell leuchtete. »Kathrein, seid eweil verstännig, maacht kein Ambra! Dän Willelm hei, dän hole mir eweil ebbes mit, dän – dän soll – dän muß – dän – –«

»Dän Willelm mitholen – waor dann?!« Das Weib stutzte. »Dän Willelm, nä, dän bleiwt hei,« sagte sie kurzentschlossen und tastete nach ihren Röcken auf dem Schemel am Bett.

»Bleiwt nor liegen, bleiwt noren! St – – –!«

Der Gemeindevorsteher wollte ihr die Hand auf den Mund legen, aber schon hatte sie die goldenen Knöpfe der Uniform blinken sehn, und in sinnloser Angst vor 'm Gendarmen einen hellen Schrei ausgestoßen. Mit beiden Füßen zugleich fuhr sie aus dem Bett und stand nun zitternd vor den Männern.

Was wollten die hier? Bei Nacht noch dazu?! In verständnislosem Entsetzen irrten ihre Augen von einem zum andern. Nun sah sie den Griff mit dem der Gendarm ihren Willelm gepackt hielt. Was, was hatte ihr Willelm getan? Nichts hatte der getan, loslassen sollten sie ihn, gleich auf der Stell'!

Zeternd ging sie gegen den Gendarmen an, aber der schob sie unsanft beiseite.

»Halt Euer Maul, Frau,« sagte er kurz, »macht Euch kein Ungelegenheit. Voran!«

Er stieß den Verhafteten zum Fortgehen in den Rücken. Aber die alte Frau packte ihn am Uniformschoß und hielt ihn fest mit ungeahnter Kraft.

»Dän Willelm, dän Willelm,« schrie sie in höchsten Tönen, »wat hot hän dann gedahn, wat haot dän gedahn?! Hähr Schandarm, och, laoßt hän doch hei, dän maocht jao sein Läwen kein Schpitackel, dän gieht ja gleich in't Bett, dän säuft net, dän zankt net, dän es alleweil ruhig – och, duht ihm neist! Jesses Maria, Hähr Schandarm, liewer Hähr Schandarm, duht dem Könd neist!«

Die Zähne klapperten ihr in Furcht und Schluchzen; sie hatte den Uniformschoß fahren lassen und versuchte nun, ihren Sohn dem eisernen Griff zu entwinden. Sie wußte wohl selbst nicht, daß sie dabei kratzte und kniff.

Der Gendarm hatte alle Mühe, das Weibsbild abzuschütteln, zumal sein Arrestant, durch das Beispiel der Mutter angesteckt, sich auch zu sträuben begann. Endlich schaffte ein kräftiger Stoß die Alte beiseite, und Handschellen, im Nu aus der Tasche gezogen, fesselten den Verbrecher.

»In't Kittchen –?!« Der gellende Schrei der Frau hallte von den rußigen Wänden wider. Sie lag auf den Knien und rang die Hände: »Nikla, Nikla! Hähr Schandarm! Hährgott im Himmel! Wat haot hän dann gedahn?! Ech schwören, dän es esu unschullig wie neugeboren! Dän schnied't ke Gras uf andrer Leut's Wies, dän bricht ke Äste im Wald ahf – dän es noch nie öwer dän Zaun gestiegen, für Äppel zu plücken beim Hähr Pastor – glauwt et, glauwt et doch, bei meiner ewigen Säligkeit, dän es esu ene gude Jung! Hän haot mer immer Kaffee on Zucker erufgeschickt on en schwaarz Schörz für nach der Kirch ze giehn, on hän haot sich ahffottegrafiere laoßen für sein Modder – on se alle Jaohr uf einen Dag besucht! Och, hän es esu gud, glauwt et doch noren! Ech will stärwen uf der Stell, wann ech net de pure Waohrheit saon! Nikla« – sie wandte sich flehend an den Ortsvorsteher– »Nikla, dir kennt mech seit Menschegedenk', saot, haon ech Eich je wat fürgemaach? Helft mer doch! Laoßt hän doch hei!« Sie machte Anstalt, seine Knie zu umklammern.

»Seit doch net esu gäck, Kathrein,« murmelte der Ortsvorsteher zurückweichend, »Eier Willelm kömmt jao bal redur, et es nor für dat hän sich ausweist – dat hän – hm –!« Verlegen mied er den angstvoll sich einbohrenden Blick der Frau. »Hm, dat mer et zu wissen krieht – no, dat hän et net es, dän hei alleweil dat Feuer anfänkt!«

»Dat Feuer – hei dat Feuer –?!« Ganz verwirrt glotzte die Frau nach ihrem Herd. »Nä, dat fänken ech immer sälwer an!«

»Och was!« Der Gendarm wurde ungeduldig; ohne viel Aufhebens hatte man den Kerl fortschaffen wollen, und nun dauerte das Gezeter schon so lange, daß bald die ganze Straße voll Neugieriger stehn würde. »Dummes Weibsbild, von dem Feuer is ja gar keine Red'! Brand hat er angelegt, der Schubjack! Voran jetzt marsch!« Er stieß seinen Häftling der Tür zu.

Der Willelm Brand angelegt?! Die alte Frau hob verwundert die Hände. Es konnte keiner glauben, ihr Willelm hätte Brand angelegt?!

»Jesses Maria,« sie schlug ein Kreuz und faltete dann die Hände, »esu en Sünd!« Das war ja ein Verbrechen! Ihr Willelm ein Verbrecher? Das war ja beinah zum Lachen! »Ha, han!« Sie stieß ein kurzes, aufgeregtes Lachen aus: »Nä, Hähr Schandarm, su ebbes duht dän Willelm net!«

»Allons,« sagte der Gendarm und schob den Willelm zu Tür hinaus. »Das wird sich ja finden. Hat der Kerl 's nicht getan, werden se'n Euch schon bald retour schicken!«

Ja, das würden sie auch! Des war sie ganz sicher.

* * *

So bald, wie die Witwe Driesch sich's gedacht hatte, kam ihr Willelm nun doch nicht zurück. Viermal schon war sie darum in des Ortsvorstehers Haus gewesen, und auf der Straße, auf dem Acker schrie sie ihm nach: »Häh, Nikla, wanneh kömmt dän Willelm redur?«

Auch er wußte nichts, zuckte nur die Achseln und tröstete sie, sah er ihr banges Gesicht und ihre verlangenden Augen, mit einem steten: »Seid doch net esu gäck, Kathrein, hän kömmt bal redur!«

Nun waren schon vier Wochen ins Land gegangen; das Tannenwäldchen beim Dorf strömte überstarken Harzduft aus, langsam sickernde, bernsteinfarbene Rinnsale tränten die rissigen Stämme hinab, alle Feuchtigkeit schien den Bäumen entwichen. Durch die Stille des August-Mittags hörte man das Fallen der Nadeln und das Knistern von Zweigen und Zweiglein. Zu sehr hatte die Sonne ob ihnen geglost.

Über die Felder kam mehliger Duft; das Korn war gehauen. In Schwaden lag's am Boden; die Weiber rafften, die Männer banden und setzten die Mandeln auf, und die Kinder, die jetzt frei an der geschlossenen Schultür vorüber durften, liefen über die Stoppel und sammelten die verstreuten Ähren. Das Dengeln der Sensen am Feierabend, diese eintönige Musik des Dorfes, hatte aufgehört, dafür knarrten jetzt am Tag die Ochsenwagen über die zu tennenhartem Lehm gebrannte Straße hinaus, und ›hott und hah‹ und Peitschenknall erschütterten die Luft über den flimmernden Feldern.

Alles war draußen. Nur Kathrein Driesch nicht; die hatte nichts zu ernten. Still saß sie in ihrer Hütte und hörte, war das Rattern der ausziehenden Wagen verstummt, nichts als das Surren der Fliegen und das Knastern des Reisigfeuers im Herd. Sie schürte, wie immer, denn wenn er heimkam, sollte er's doch nach seinem Ehs' finden und wie sie so dasaß, lässig die Hände – sie konnte nicht arbeiten, was auch, wozu auch, er war ja nicht da – kamen ihr die Gedanken: Jesus, wenn sie dem Willelm was antaten?! Wie lange hielten sie ihn denn nur da?! Nun glaubte sie dem Nikla nicht mehr – der log ja, trotz seiner grauen Haare! Der wich ihr aus; gestern abend hatte sie's deutlich gemerkt.

Da war sie auf ihn zugelaufen, gerade als er vorm beladnen Erntewagen her heimschritt, die Heugabel über der Schulter.

›Wanneh kömmt dän Willelm?‹

Er aber hatte den Kopf auf die Seite gedreht und übers Wetter angefangen mit seinem Sohn, dem Matthes, der hinter ihm schritt. –

›Häh, Nikla?‹ War er taub? Sie hatte ihn angepackt, am Hemd vorn bei der Brust, und hatte ihm ins Gesicht geschrieen:

›Wanneh kömmt hän?‹ Nun mußte er's doch hören!

Aber statt ihr Antwort zu geben, war er unwirsch geworden:

›Laoßt mech in Ruh,‹ und hatte den Ochsen, die unterm Joch, die Köpfe gesenkt, mühselig daherschnauften, mit der Peitsche eins übergehauen: ›Häh, häh, Luderzeug, voran, häh, häh,‹ und war schnelleren Schritts weitergezogen mit Sohn und Knecht und mit dem Enkelkind hoch oben auf den goldenen Korngarben.

Und sie hatte ohne Antwort dagestanden und wie tiefsinnig zur Erde auf die weißen Schaumflocken gestiert, die den angestrengten Ochsen aus dem Maule gekleckst waren.

Warum hatte ihr der Nikla nicht standgehalten?! Die ganze Nacht hatte sie darum nicht schlafen können, und wenn sie auch fleißig gebetet hatte, Ruhe hatte sie doch nicht gefunden. Sonst hatte der Nikla doch gern mit ihr ein Wort ausgetauscht, nie war er ihr vorbeigegangen?! Jäh ward sie des plötzlich inne: auch andere wichen ihr aus! Ihr Nachbar zur Linken, Heid's Josef, dessen Häuschen sich so dicht an das ihre lehnte, als wären die zwei eins, sah sie früher nie hinten im Gärtchen Unkraut jäten oder ihren Kappes begießen, ohne daß er sich über den Zaun lehnte, mit ihr ein Schwätzchen zu halten – und ihre Nachbarin zur Rechten, die Schneidersch, eine Wittib wie sie, die nur die Hand zum Fensterchen herauszustrecken brauchte, um an ihrem Fensterchen zu pochen, hatte auch schon seit Tagen nicht bei ihr angeklopft. Was hatten die denn – sie war sich keiner Unfreundlichkeit bewußt und einen Klatsch hatte sie nicht angefangen – war's etwa wegen dem Willelm? Jesus, der arme Jung, was hatten sie nur gegen den? Und er hatte das Vieh doch so sorgsam gehütet; jede Kuh war ihm lieb, und war ein Ferkel müde, so trug er's heim auf den Armen. Nein, einen so guten Hirten kriegten sie nie wieder. Jetzt mußte das arme Vieh immer im dunstigen Stall bleiben, niemand fand während der Ernte Zeit, es ins Freie zu treiben. O je, die würden schon noch einsehn, was der Willelm wert war! Aber so waren die immer gewesen: ist einer lange in der Fremde draußen, der ist nicht mehr einer von ihren – und nun gar der Willelm, der besonderer war als alle, den guckten sie scheel an. Mochte auch sein, daß sie ihm das Geld, das er als Rente bezog – wie ein pensionierter Herr

– neideten, ihm's vielleicht auch nicht gönnten, daß er dazu noch den Posten als Gemeindehirt gekriegt hatte. Es langte nun so schön für sie beide; nun brauchte sie auf ihre alten Jahre nicht mehr in Tagelohn gehen wie früher – ach ja, was war ihr der Willelm doch für ein Glück! Andre Männer in seinem Alter haben längst Frau und Kinder, aber sie hatte den Sohn noch so ganz für sich allein!

In der Stille ihrer Einsamkeit rief sich die Mutter alle Tage des Beisammenlebens zurück. Viel geredet hatten sie nicht miteinander, der Willelm war ein Stummer; aber zu Zeiten, wenn ihn das arge Kopfweh plagte, dann hatte er den Kopf an sie gelehnt wie ein Kind, das sich duckt, und sie hatte ihn gestrichen, immer sacht über den Schädel, immer sacht, und er hatte geschnurrt dabei wie der Kater. Das war schön gewesen! Ach, wenn er nur erst wieder da wär'!

Es drängte sie allgewaltig, sie mußte nieder auf die Knie fallen, hier in der Stube genau so wie in der Kirche, und der heiligen Mutter auf dem höchsten Thron eine Kerze geloben von weißem Wachs, wenn die ihr den Sohn schickte. Unter Tränen, die, ohne daß sie's merkte, ihr über die runzligen Wangen rollten, versprach sie:

»Ech gelowen dir en Kerz für deinen Altar, Maria voll der Gnaden! Ech fänken dir en Kerz an – die soll brennen esu hell, esu hoch! – heilige Maria, Modder Gottes, erhör mech um deines Sohnes, um deines Sohnes willen!«

Inbrünstig wiederholte sie das viele Male. In der nächsten Nacht glaubte sie seinen Tritt zu hören. Sie fuhr auf, das Herz klopfte ihr hart. Aber die Tritte hielten nicht an, sie strebten vorüber: 's war wohl einer, der spät aus der Wirtschaft nach Hause ging. Ach, zu ihr ging keiner ein! Und sie weinte, und ein Verlangen stieg in ihr auf, daß sie hätte hinkriechen mögen, hin auf Händen und Füßen, bis wo ihr Sohn war.

Wo war der?! Im Kittchen. Das hatte ihr heute die Schneidersch zugeschrien, als sie's nicht ausgehalten und bei der angeklopft hatte. Im Kittchen – ja, das wußte sie, aber was sollte er da, was machte er da so lange? Das hatte die Schneidersch auch nicht gewußt – oder wollte die's am Ende nicht sagen? Und warum war er da?! Ja, darauf hatte die Nachbarin auch nicht geantwortet, aber sie hatte ein großes Gejammer angefangen über die böse Welt und die schlechten Leut' und sich vielmals bekreuzt: ›Gott bewaohr uns, Gott behüt uns, heilige Modder bitt für uns – esu en Kerl, esu en Scheusal!‹ Und dann hatte sie geseufzt: ›Kathrein, ech muß en Dauer met Euch haon – nä, nä, esu en Kreiz!‹

Bei der Schneidersch war kein Trost zu finden gewesen; im Gegenteil, seit Kathrein bei der angepocht hatte, war eine noch verzehrendere Unruhe über sie gekommen. Sie trippelte in ihrer Stube hin und her, vom Bett zur Bank, von der Bank zur Truhe, von der Truhe zum Herd, nahm bald dies zur Hand, bald jenes, jetzt den Eimer, dann den Napf, jetzt das Messer, dann den Löffel – es hatte alles nicht Zweck noch Ziel. Im Ställchen hinten meckerte kläglich die vergessene Ziege. Mitten im Trippeln hielt das Weib dann plötzlich an und faßte sich nach dem Kopf; aber sie erinnerte sich nicht der vergessenen Ziege – was, was hatte die Schneidersch gesagt? ›Ech muß en Dauer met Euch haon‹ – und ›Esu en Kerl, esu en Scheusal‹ – wen meinte sie damit? Wer war ein Kerl, wer war ein Scheusal? Ihr Willelm doch nicht gar? Oho! In den sanften Augen der alten Frau begann es zu flammen, sie hob die Faust und schlug an die Stubenwand, daß die nebenan es hören mußte, und schimpfte dabei:

»Frech Mensch, Lügenersch!«

Nein, ihr Sohn war kein Kerl und auch kein Scheusal! Der Gedanke an ihn besänftigte ihren Zorn, aber die Unruhe vermochte auch er nicht zu bannen. Wenn sie nur wüßte, warum er so lange nicht wiederkam?! Ach, daß er doch jetzt hier wäre, von dem guten Essen kostete, das sie alle Tage frisch für ihn kochte, und das dann doch die Katze fraß, weil er immer noch nicht kam. Sie selber trank nur einen Kaffee, kein fester Bissen mehr wollte ihr die Kehle hinunter, der Hals war ihr wie zugestrickt. Und auf der Brust lag es ihr wie ein Stein; nichts wälzte den mehr ab.

Andere Jahre hatte sie sich mitgefreut, wenn die Erntewagen, schwergeladen, an ihrer Hütte vorbeischwankten, wenn die Nachbarn das Korn drin hatten, reif und trocken, ohne Ungemach. Mochte jetzt der Himmel sich auftun und Wasser ohn' Ende herabschütten, daß alles niedergeschlagen ward wie mit

Hämmern! Sonst war sie alle Morgen in die Messe gelaufen und hatte fleißig gebetet um gnädige Bewahrung vor Wettersnot. Mochten jetzt Donner niederdröhnen und Blitze niederfahren und Hagel niederprasseln, dick wie Eier, – warum kam der Willelm nicht?! –

Es war heuer eine gesegnete Ernte. So viel totreifes Korn hatten die Eifeler noch nicht trocken in ihren Scheuern gehabt. Wenn das gute Wetter nur noch ein wenig anhielt! In zwei Tagen würde das letzte geborgen sein.

Das Dorf war froh, alle zweihundert Seelen freuten sich, Mann und Weib, Junge und Mädchen. Selbst die ganz kleinen Kinder grahlten lustig am Feldrain, wo die Mütter sie unter einem notdürftig schattenden Busch neben dem Trinkkrug und dem blechernen Eßnapf niedergesetzt hatten, derweil sie emsig ihren Ehemännern halfen. Am müden Abend noch klang Ziehharmonika, und die Mädchen lachten am Brunnen.

Überall hörte die Witwe Driesch von guter Zeit reden. Es trieb sie jetzt auf die Gasse. Wo zwei, drei zusammenstanden, machte sie sich heran – sprachen sie vom Willelm? Ach nein! Enttäuscht fuhr sie zurück, um weiter zu laufen, ruhelos an den Hütten entlang zu streichen, das Ohr lauschend an die kleinen Fenster geneigt. Drinnen Lachen und Tellergeklapper, tiefer Männerbaß, Weibergeträtsch und Kindergreinen. Aber vom Willelm hörte sie nichts. Ihre Augen, die keinen Schlaf mehr fanden, wurden trüb und rot und schauten wie durch einen Nebel. Weit entrückt schienen ihr die Nachbarn und das Dorf, und alles, was ihr bisher vertraut gewesen war. Sie sah nur deutlich den Weg, auf dem ihr Sohn bald kommen würde – ja, kommen mußte!

Die Weiber schauten ihr mitleidig nach, wenn sie, den hageren Rücken gebückt, das graue Haar unordentlich unter der Kappe hervorhängend, mit ihrem Eimer zum Brunnen schlich. Aber sie wich jetzt scheu den halb neugierigen, halb teilnahmsvollen Grüßen aus – was wollten die Weiber mit ihrem dummen Gucken? Nein, sie brauchte jetzt keinen Menschen mehr, sie verlangte nach niemandes Wort – ihr Sohn sollte wiederkommen, den wollte sie wiederhaben! In Trotz und Pein kniff sie den Mund fest zusammen und zwang die Frage, die sich ihr trotzdem immer herausdrängen wollte, nieder. Warum fragen?! Selbst die Heilige, vor deren Altar sie die Steinfliesen mit ihrer Stirn scheuerte, gab ihr die Antwort, die einzige, die sie haben wollte, nicht. –

Am Sonntagabend klang vergnügtes Johlen aus der Schenke. Drin saßen die Männer des Dorfs. Schade, daß einem heut der Sonntag dazwischengekommen war, sonst hätte man das letzte eingekriegt! Nun mußte man morgen noch einmal hinaus. Aber: alle Mann heran und die Weiber und die größeren Kinder auch, selbst die Alten durften sich morgen nicht drücken, und dann – juchhei! – dann war's für dies Jahr geschafft!

Auf der Straße spielten die Kinder. Gerade vor der Witwe Driesch Haus hatten sie sich niedergelassen; die zwei Feldsteine, die als Stufen zur Haustür führten, waren so bequem, um ›Schinkelches‹ darauf zu spielen, oder auch nur, um da zu hocken – die Hände um die hochgezogenen Knie gelegt, die Gesichter aufwärts gehoben – und mit gellenden Stimmen in den Insekten durchsurrten warmen Abend hinauszuschreien:

›Höwerlink, komm,
Schlao mer de Dromm!‹

Fest hielt die alte Kathrein ihre Tür und das Fenster geschlossen; der Lärm der Kinder tat ihr weh. Sie saß beim Herd, den Kopf mit einem dicken Tuch umwunden, aber sie hörte das Geschrei doch.

›Höwerlink, komm!‹

»Willelm, komm!« Beide Arme erhebend, streckte sie die zittrigen Hände bittend in die Luft. Auch heute war er nicht gekommen. Jesus Maria, wo er nur so lange blieb?! Sonst war er viel länger fort gewesen, ein ganzes Jahr, Jahre, nie hatte sie so nach ihm verlangt – da war es ihm ja auch gut gegangen, – aber jetzt, wie ging es ihm jetzt?! Eine furchtbare Ungewißheit peinigte sie. Sie hatte noch nie ein Kittchen gesehen, und von denen hier herum war auch noch keiner darin gewesen. Ob er da auch satt zu essen kriegte, ob er da auch nicht fror? Wer strich ihm da den Schädel, wenn er das Kopfweh hatte?

›Höwerlink komm!‹

Das Schreien der Kinder schaffte ihr fast körperliche Qual. Zum Fenster humpelnd riß sie's so heftig auf, daß es fast aus seinem verquollenen Rahmen fiel und schrie hinaus:

»Maacht euch fort hei, maacht!« und drohte mit der Faust.

Verdutzt standen die Kinder: das waren sie sonst nicht gewohnt, daß man sie hier fortjagte. Das Kleinste fing an zu weinen; aber des Heid's Pittchen von nebenan, sich in der Nähe des Vaterhauses sicher fühlend, streckte die Zunge heraus und schrie, in die elterliche Tür retirierend:

»Mordbrenner, Mordbrenner, Eier Willelm es en Mordbrenner, dän gieft gehänkt!«

»Hau, dän gieft gehänkt!« heulte die Kinderschar und stob nach allen Seiten.

Wortlos blieb die Frau; die drohende Faust noch immer erhoben, stand sie am Fenster. ›Mordbrenner – Mordbrenner – dän gieft gehänkt‹ – das heulte ihr in den Ohren. Gehängt?! Ein Schau- der überlief sie. Sie würden ihrem Willelm doch nichts zu leid tun? Mordbrenner – der war doch kein Mordbrenner! Es war zum Lachen – Kindergeschwätz! Aber plötzlich ergriff sie eine Todesangst: hatte nicht der Gendarm damals, als er ihn wegholte, auch etwas von ›brennen‹ gesagt?! Sie hatte nie mehr daran gedacht, aber nun fiel es ihr ein – – ›Brand hat er angelegt, der Schubjack‹ – wirklich, es war zum Lachen!

»Hahahahaha!« Sie lachte – ein tolles Lachen – bei dem sie den Oberkörper zum Fenster herausbog und sich die siechenden Seiten hielt.

Dann schloß sie das Fenster; es war Zeit, zu Bett zu gehn. Aber es graute ihr in der grenzenlosen Einsamkeit ihrer Stube – vor was? – das, wußte sie selber nicht. Wenn sie nun einmal den Nachbar zur Linken aufsuchen würde? Zum Heid hatte sie noch das meiste Zutrauen – der war ein gesetzter Mann, kam auch mal in die Fremde, bis gen Manderscheid und Daun war der schon gewesen. Fragen wollte sie ihn: was denn sein Peter damit gemeint habe: ›Mordbrenner‹ und ›dän gieft gehänkt‹?!

Schwerfälligen Tritts schlorrte die Alte zur Hintertür hinaus in ihr Gärtchen. Sie trampelte durch ihr Kartoffelbeet, das sich längs des Zaunes streckte, achtlos, daß sie von den blühenden Stauden knickte.

»Häh, Josef, pst!«

»Jao – wat dann?« Der Heid hatte gerade das Vieh gefüttert; nun kam er aus dem Stall, in Hemdsärmeln, den bunten Schlips und den gesteiften Kragen, vom Besuch im Wirtshaus her, noch um. »Jao, wat wollt ihr dann?« Es klang nicht sehr einladend.

Aber sie hatte dessen nicht acht. Beide Arme auf den Zaun legend, beugte sie sich zu ihm hinüber, ganz dicht und vertraulich sprach sie, so leise, als ob sie fürchtete, das Kartoffelkraut zu ihren Füßen und drüben der Nachbarin Bohnen könnten es hören:

»Saot, Josef, – Mordbrenner – wat es damit gemeint? Un – hänken – gieft heutzudag dann noch jemand gehänkt?«

»Waorum?« Er guckte sie betroffen an. »No, Eier Pittchen saot doch dän Willelm – dän Willelm –« nun kam wieder die ungewisse Angst vor unfaßbar und unverständlich Schrecklichem über sie, daß sie es kaum herausbrachte – »dän saot, dän Willelm, mein Willelm gief gehänkt! Och, saot doch –« verzweifelt faßte sie nach des Mannes Händen – »saot, wanneh kömmt hän redur? Se duhn ihm doch neist?!«

»Hm, jao,« – Heids Josef rieb sich die Nase und kratzte sich dann hinter'm Ohr – »dat kann mer net für gewiß saon. Dän Willelm sitzt eweil in Unnersuchungshaft un die Hähren pisacken ihm. Die kriehn et schons eraus, dat hän dat Feuer angestoch haot!«

»Wat for en Feuer?« Sie machte die Augen weit auf.

»No, hei dat Feuer im Dorf! Et haot doch in eins fort gebrennt, bal hei, bal dao – och, duht doch net esu, als ob Ihr dat net wüßt! – un seit Euer Willelm sitzt, duht et doch net mieh brennen, kein einzig Mal mieh! Dat es doch siehr verdächtig!«

»Verdächtig – verdächtig!« stotterte sie.

»Jao, saot sälwer, es et dat net? Paaßt uf, Ihr gieft aach noch verhört. Un mir all, als Zeugen. Dän Willelm haot et gedahn, duh es kein Zweifeln dran. Sons hätt' et doch als längs emaol widder gebrannt. n' Aowend!«

Er ließ sie stehen und sprang, mit ein paar großen Sätzen seine Beete überhüpfend, dem Hause zu, froh, ihr entronnen zu sein.

Sie rief ihm nicht nach; sie sagte kein Wort. Wie vernichtet stand sie, ihre Hände umklammerten die Zaunstecken. Kalter Schweiß lief ihr über den Körper, und ein schreckliches Frösteln schüttelte sie. Ihr Sohn, – ihr Willelm – der war – der sollte – ja, was hatte er denn eigentlich getan?!

Es war ihr, als hätte sie einen Schlag vor die Stirn bekommen; sie konnte sich auf einmal gar nichts mehr klar machen, nur das wußte sie: ihr Willelm mußte bald kommen, bald kommen und denen da die Mäuler stopfen!

Stöhnend wankte sie in ihre Hütte zurück. Da war es jetzt ganz Nacht, nur das Feuer im Herd warf glimmende Scheine. Der schwarze Kater schnurrte, sie nahm ihn auf den Schoß und strich ihn, daß sein Fell Funken sprühte. Er schnurrte immer lauter und lauter, wie ein Spinnrad – in ihrem Kopf saß das Rad.

Es drehte und drehte sich: Mordbrenner – ihr Willelm war kein Mordbrenner – gehängt – ihr Willelm wurde nicht gehängt – der Gendarm, der Heid waren Esel – es hatte im Dorf gebrannt – seit er fort war, brannte es nicht mehr im Dorf – die Hähren würden ihn pisacken, es schon herauskriegen – nein, ihr Willelm war kein Mordbrenner, ihr Willelm wurde nicht gehängt – der Gendarm, der Heid, die Herren vom Gericht, alle waren Esel – nein, ihr Willelm war kein Mordbrenner – aber wie, wie das ausweisen?!

Mit einem Schrei fuhr sie auf. Ihr Willelm war unschuldig, ganz unschuldig, sie, seine Mutter konnte es beschwören! Aber wer – wer glaubte ihr?!

»Heilige Maria, Modder Gottes, erbarm dech! Ech brennen dir en Kerz an – esu hell, esu hoch! – hän es unschullig! Hilf, erbarm dech, heilige Maria, Modder, hilf!«

Sie lallte und schluchzte und rang die Hände. Auf den Knien rutschte sie durch die Stube und schlug die Stirn auf den Estrich. Was sollte sie anfangen, wie konnte sie's ausweisen, daß ihr Willelm nicht der Brandstifter war?!

Die Nacht flog dahin, schon krähten die Hähne, bald würde der Morgen rot ins Fenster schauen. Was sollte sie tun, wie sollte sie ihm helfen?!

»Heilige Maria, voll der Gnaden, gegrüßest seist du! Ech gelowen dir –!«

Es hatte im Dorf gebrannt, nun der Willelm im Kittchen saß, brannte es nicht mehr, aber wenn – ihre Augen wurden plötzlich ganz stier, mit einem tiefen Atemzug riß sie die gefalteten Hände auseinander, ihre Lippen hörten auf zu murmeln, sie packte sich an den Kopf und drehte sich herum wie im Wirbel und wurde dann plötzlich ganz ruhig; durch das Dunkel ihres zermarterten Kopfes schoß eine Erleuchtung – wenn es nun doch, doch wieder brannte?!

* * *

Sie waren alle auf den Feldern weit draußen. Selbst die Alten und die Kinder waren mit ausgezogen. Die Kinder, vor den Gespannen her hüpfend, den weißen Staub des Weges aufwirbelnd; die Alten nachschlurfend, in der Hotte den Säugling, oder den Laib Brot und den Kaffekrug.

Nur das rufende Muhen einer Kuh, die mit vollem Euter im Stall stand, das unzufriedene Meckern einer Ziege, die man beim Haus angepflöckt hatte, das wütende Grunzen eines Schweins, das gern dem heißen Koben entwichen wäre und sich draußen gewälzt hätte, belebten dann und wann dieTotenstille des Dorfes.

Noch war es nicht Mittag, aber schon lastete die Sonne schwer, ihre Strahlen hatten förmlich Gewicht; sie drückten alles in den Gärten nieder: die rankenden Bohnen, die breitblättrigen Rüben, das in der Dürre herbstlich-fahl gewordene Gras. Die zwei enggedrängten Reihen der Häuschen pusteten einander Hitze ins Gesicht; sie waren wie die Backöfen. Alles Gebälk, von Fichtenholz gezimmert, die Türen und Fensterrahmen schwitzten Harz aus und sperrten, ausgetrocknet bis ins innerste Mark, sich in klaffenden Fugen. Mitunter kam ein Windstoß; aber er brachte keine Kühlung; er wirbelte nur Staub auf und die Luft ward dicker wie vorher. Echtes Erntewetter; der blaue Himmel, leicht angegraut vom staubigen Dunst der mehligen Felder, angeraucht vom heißen Odem der dampfenden Erde.

Aus den Schornsteinen der verlassenen Hütten kräuselte sich kein Rauch; heut kam niemand um Mittag heim, heut ruhte man erst abends, wenn das letzte Korn drinnen war. Sorgsam hatten die Hausfrauen vorm Fortgehn das Feuer im Herd gelöscht, mit Wasser die etwa noch schwelende Glut ausgegossen.

Nur bei der Witwe Driesch rauchte es. Sie war die einzige, die daheim war; und sie hatte Feuer im Herd wie immer. Ein großes Feuer. Wollte sie Kuchen backen? War der Sohn heimgekommen, daß ihr Schlot so rauchte? Dicke graue Dampfwolken quollen aus dem Schornstein und legten sich schwer übers Dach. Und jetzt tat sich die Tür auf, die Hintertür, bei der das Reisig lag; die Driesch kam heraus, in der einen Hand die Dose mit Streichhölzern, in der andern die Petroleumflasche. Sorgsam goß sie den letzten Rest über die dürre Reisigwelle aus, ein Zündhölzchen strich sie an – hei, die ganze Schachtel fing mit Feuer, sie ließ sie fallen, und die jähe Flamme beleckte gierig das petroleumgetränkte Gezweig.

Mit großen Augen stand die Alte dabei und sah's brennen. An der Hauswand reckte sich rasch die Flamme empor – knack – schon sprang das Hinterfensterchen von der Hitze. Schreiend fuhr der schwarze Kater heraus und jagte mit versengtem Fell ins Weite.

Auch sie ging jetzt davon, langsam, Schritt für Schritt, blieb oft stehen und sah zurück: würde das Feuer auch nicht wieder verlöschen?! Eine Angst kam sie an. Hatte sie am Ende nicht sorgfältig genug die im Herd geschürte Riesenglut herausgerissen und in der Stube herumgezerrt? Und Stroh darauf geworfen und petroleumgetränkte Lappen? All ihr wollenes Zeug, ihr schwarzes Kirchenkleid und das Tuch – noch ein Geschenk von ihrem Mann selig – hatte sie deswegen in Fetzen gerissen. Hatte sie etwa nicht brennende Hölzer genug ins Bett gesteckt, zwischen die Federn der aufgeschnittenen Kissen?! Doch, doch! Das Bett hatte schon wie eine Fackel gebrannt, als sie aus der Hintertür herausgetaumelt war, halb erstickt, mit vor Rauch blinden Augen. Ja, ja, sie durfte ruhig sein, es würde schon genug brennen, es würde eine Flamme geben, die alle sahen!

Etwas rascher schritt sie weiter. Auf den Anger wollte sie hinauf. Am Bergkopf oben, da würde sie am besten sehen, wie das Feuer höher und höher stieg, wie es das Dach ergriff, das ihr Mann selig zur Hochzeit neu gedeckt, wie es das Haus verzehrte, das der Großvater selig einst gebaut hatte!

Wenn nur niemand zu früh nach Haus kam, wenn die Hütte nur erst recht, recht toll brannte!

Sie beunruhigte sich noch immer. Durch das Tannenwäldchen gedeckt, war das Dorf jetzt ihren Blicken entzogen. Brannte es auch noch, brannte es auch wirklich noch?!

Sie rannte und keuchte bergan. Nur herauf zum Anger, voran, oben, da konnte sie sehen, da – –

»Hah!« Ein langgezogener Schrei wahnwitziger Freude entstieg gellend ihrer Brust. Da lag das Dorf ihr zu Füßen. Eine Rauchwolke lagerte dick über ihm. Aber jetzt, jetzt – hah! Jetzt schoß es rot aus der Wolke! Sie teilte sich, ein wirbelnder Wind blies darein, feurige Zungen leckten empor, riesengroß, freudenhell, und leckten nach rechts und leckten nach links und stießen zusammen, vereinigten sich, flossen ineinander über, und wurden noch länger, noch breiter, wurden zu einem feurigen Band, das sich immer mehr und mehr entrollte, schnell abwickelte wie von einem Knäuel.

Weit aufgerissenen Auges stierte die Frau: Jesus, das war ein Feuer – das war ein Feuer!

Es war längst nicht mehr die Hütte der Driesch allein, die da brannte. Von Dürre und Sonnenglut ausgetrocknet, waren die Strohdächer aufgeflogen gleich Zunder. Jetzt brannten der Hütten schon vier, fünf. Aber noch nicht genug hiermit, der Wind machte sich dahinter und blies die Flammen an. Die eine ganze Reihe des Dorfes hinunter fegte der Brand; mit gespenstischer Eile sprangen Flämmchen von Giebel zu Giebel. Wie Matten, von geschäftiger Hand zusammengerollt, krempelten sich die Strohdächer um, erst sengten sie, erst schwelten sie, aber dann – hui – das totreife Getreide, jedes Korn ein Funke, puffte wie Pulver in die Höhe und sprühte Feuergarben in die Luft. Ein stinkender Rauch stieg zum Himmel empor und verdunkelte den Tag; aus den Ställen tönten die verzweifelten Stimmen der eingesperrten Tiere.

Kathrein Driesch hörte nicht das Jammergebrüll der Verbrennenden. Sie hörte nicht das Geschrei, das plötzlich, hinten weit, von den Feldern her wie im Alarm zu ihr drang. Sie hörte nicht das Krachen von Balken und Mauerwerk – sie sah nur. Sah triumphierenden Blickes, ein wildes, wogendes Flammengetümmel, eine Glut, riesengroß, den Sonnenglanz löschend mit ihrem Rot, eine Fackel, riesenhoch, vom Wind geschwungen, lodernd himmelan, bis vor des Allerbarmers ewigen Thron.

Die Mutter fiel in die Knie nieder auf den Anger, auf das grüne Weideland der Herde und breitete ihre Arme weit und schlug sie wieder zusammen, als drücke sie schon jemand an die Brust, und weinte und lachte und hob die zitternden Hände hoch empor über ihr greises Haupt und schrie lauter als die hundert Stimmen der herbeistürzenden Dörfler, schrie's hinein ins Angstgebrüll der Tiere, ins Stürzen der Balken, ins Prasseln der Flammen: »Mein Willelm! Eweil kömmt hän!«

* * * * *

Der Fuhrmann

»Jesses, wuh hän nor bleiwt?!« sagte Frau Lena Trittscheid und näherte sich dem Fensterchen, dem einzigen in dem Raum, der zugleich Hausflur, Stube und Küche vorstellte.

»Wuh hän eweil widder sticht, dän Erumdreiwer?!«

Sie drückte die lange, sehr spitze Nase an der Scheibe des Fensterchens platt, aber das blasige Glas, dem Regen und Schmutz und Herddampf eine Haut, dick wie ein Panzer, übergezogen hatten, ließ keinen Blick durch, hinaus auf die mondhelle Gasse.

»Mer sieht neist,« seufzte sie ungeduldig und wandte sich ab. Das Fensterchen aufzutun, fiel ihr gar nicht ein; das wurde nie geöffnet, das wäre wohl gar bei dem ersten schüchternen Versuch aus seinem verquollenen Rahmen herausgefallen.

Dunkel blieb's in der Hütte, schwarze Nacht. Die Frau stand lauschend: auch nichts zu hören! Kein Pferdehuf klapperte auf dem harten Felsboden der Dorfstraße.

Alles war still. Nur in der Kammer nebenan schnarchten die Kinder: das Kettche fein, das Josefche grob; die drei Kleinsten schnieften nur erst im Traum. Die Stille der Nacht und der Einsamkeit verdoppelte alle Geräusche.

Jetzt tönten vom Kirchturm, hell und hart, viele Schläge der Uhr. Zusammenzuckend hob die Wartende die Hände: »Jesses, als zwöllef! Wuh sticht hän eweil?! Gewiß als widder im Wirtshaus, lao versäuft hän, wat hän verdient haot. Äwer maach!«

Ihre bloßen Füße patschten eilig über den nackten Estrich; die Hüttentür aufreißend, stand sie entschlossen auf der Schwelle und lugte mit drohendem Blick die Gasse hinauf, von wo er kommen mußte.

Zu Mittag schon hätte er daheim sein können, war er doch in aller Herrgottsfrühe mit der Flora und dem Chaischen nach Kyllburg gefahren, um die feine Herrschaft, die zur Sommerfrische hier im Gasthaus gewohnt hatte, auf die Bahn zu bringen. Um vier Uhr schon war er losgefahren, hatte sich nicht einmal mehr Zeit genommen, den Kaffee zu trinken. Die Herrschaft würde schon unterwegs was spendieren, hatte er gesagt.

Jawohl, drüben erstmal ein Gläschen Schnaps! Frau Lena seufzte: Ach, das leidige Fuhrwesen! Hätten sie doch nie von dem, was ihnen der alte Ohm hinterlassen hatte, das Pferd und das Chaischen gekauft! Freilich, dann würde der Nikla sein Stückchen Acker noch ohne Pferd pflügen und auch wie früher in Taglohn gehen; aber seine Nase wäre dann nicht so rot, seine Augen nicht so verschwollen.

Wo hierzulande fünf Häuser stehen, ist eben auch gleich ein Wirtshaus dabei. Und die Sonne prallt aufs Hochland, und der Wind pfeift über die Heide und dem Fuhrmann, der sein müdes Gäulchen die bucklige Gegend auf und ab treibt, trocknet die Kehle aus.

Frau Lena wurde weicher, wenn sie daran dachte, wie oft ihr Mann durch und durch naß wurde. Faßte ihn ein Gewitter in der menschen- und häuserleeren, ganz und gar schutzlosen Einsamkeit, dann Gnade Gott! Den großkarierten Kutschermantel mußte er zum Schutz über den Chaisensitz breiten, und so ward er selber wie aus dem Bach gezogen, seine Kleider mußte man auswinden, das Hemd ihm mit Gewalt vom Leibe zerren. Der Frost schüttelte ihn mitten im Sommer.

Und wenn es nicht regnet, wenn die Sonne prallt? Dann ist es noch ebenso schlimm. Dann sprüht der felsige Boden Funken, der Staub steigt in Säulen auf und fällt wie graues Mehl auf Rock und Hut und Gesicht, auf Pferd und Wagen. Die Stechfliegen bohren sich dem armen Gaul ins braune Fell, vergeblich, daß der mit Schweif und Huf die weißschaumigen Flanken schlägt. Die Luft steht still über den Bergen und hockt dick in den Mulden; schattenlos zieht sich die gewundene Straße im unbarmherzigen Glanz des Tages.

Ein Glück, daß der Nikla überall so gern gesehen war! Wenn er immer alles hätte selber bezahlen sollen – o Jesus! Es regte sich wie Stolz in Frau Lena; sie zog den Mund, der schon bedenkliche Zahnlücken wies, in einem geschmeichelten Lächeln breit: ihren Mann ließ keiner vorbeifahren, den riefen sie alle an.

›Hä, Nikla, haalt! Seid doch net esu pressiert! Steigt e bißche ahf!‹ Und wenn er sich weigerte, Eile vorschützte, dann zogen sie ihn ja förmlich mit Gewalt vom Wagen.

›Ä wat, Eier Peerdche moß aach sein Ruh kriehn. Steigt nor als ahf! Mer haon e frisch Fäßche angestoch, kommt ehs prowiere!‹

Und neugierig waren sie alle. Der Nikla war aber auch besser wie die beste Zeitung, noch besser wie das Paulinusblättchen. Er wußte immer etwas ganz Neues.

›Wie stieht et dann eweil bei Eich, sein im Ort vill Fremden?!‹

›Es et dann waohr, dat dän Laufelds Hanni de Mühl zu Meerfeld gekaaft haot? Wat haot hän dann dervor gezaohlt?!‹

›Wanneh maacht dann dat Kempersch Agenieß Hochzeid?! Et pressiert, gäl?‹

›Saot, waor de Kirmes zu Eisenschmitt schien? Ech sein sicher, Ihr hatt net gefehlt?!‹

Über alles wußte der Nikla Bescheid, war er doch heute hier, morgen da; jetzt in Kyllburg, dann in Wittlich, gleich drauf in Gillenfeld und kam dann bis gen Gerolstein. Bald fuhr er Fremde, bald einen Reisenden mit Musterkoffern, und, wenn's so feine Fuhren nicht gab, holte er Fracht von der Bahn. Letzthin hatte er gar ein Faß Wein von der Mosel heraufgeschafft für den Herrn Oberförster. Ein paar Tage war er ausgeblieben, und als er wiederkam, wußte er zu erzählen von den Rebstöcken, die so dick voll mit Weintrauben hängen, wie hier oben die dornigen Ranken mit den Eifeltrauben, den Brombeeren.

Alle hörten ihm gar zu gern zu, vergaßen alles dabei, nur das Trinken nicht.

Das verfl..... Saufen! Und im Winter erst gar! Da gießt unendlicher Regen, oder weicher Schnee füllt die Mulden; die Wege sind unkenntlich, die Räder versinken im Kot, es nebelt um die Berge. Da hat der Fuhrmann erst recht faule Zeit. Er sitzt beim Ofen und gähnt und raucht und döst vor sich hin, zehrt wie ein Dachs vom eignen Fett, und sein einziger Gang ist ins Wirtshaus. Und die Flora wird steif vom Stehen im Stall. Die Welt ist wie mit Brettern vernagelt; es bleibt dem Fuhrmann nichts übrig, als Rauchen und Trinken und Schafskopf spielen und Schlafen.

Ach, wär' der Nikla nur kein Fuhrmann! Das Weib seufzte. Er war doch sonst ein ganz umgänglicher Mensch!

Wenn ihm nur nichts passiert war?! Horch, die Turmuhr schlug schon wieder!

War nicht erst kürzlich ein Radfahrer, da wo die Chaussee bei Bleckhausen die jähe Biegung macht, die Böschung hinunter gestürzt und tot liegen geblieben? An der nämlichen Stelle hatte der Nikla auch schon einmal umgeworfen; aber da war Schnee gewesen, und der Herr Dechant, den er die Ehre hatte zu fahren, war weich gefallen. Doch wenn er heut die gefährliche Stelle passierte ohne den Herrn Dechant – ob er da auch so behütet ward?!

»Heilige Maria, Moddergotts, laoß hän sech net dän Hals brechen, paß uf hän uf!« betete die Frau.

Wenn er nur erst wieder heil da war! Das Herz klopfte ihr. Kein böses Wörtchen sollte er zu hören kriegen! ›Lieber Nikla,‹ wollte sie sagen und den Mund spitzen wie damals, als sie noch sein Mädchen war, – ›lieber Nikla!«

Horch, war das nicht ein Wagen?!

Hastig sprang sie die ausgetretenen Steinstufen hinunter – nein, angeführt! Der Wagen blieb oben auf der Dorfstraße, bog nicht zu ihr ins Seitengäßchen ab.

Und da fiel es ihr plötzlich ein: der Nikla kam ja auch gar nicht von der Bleckhauser Seite!

»O dau Kerl, dau Erumdreiwer, dau Nixnotz, dau miserabel Mannsbild!« Die Enttäuschte schimpfte laut. Konnte er sich nicht endlich heimscheren? Aber wart, wenn er ihr wieder heimkam wie das letzte Mal, als er in seinem Dusel die Peitsche unterwegs verloren hatte! Eine Peitsche, so gut wie neu. Zum Herrn Bürgermeister würde sie dann laufen und sich beschweren. Zum Herrn Dechant und sich beklagen. War das eine Manier, im Wirtshaus zu sitzen, während sie hier vergeblich auf ihn lauerte?!

»Esu en Saufsack, esu en Lidderjahn, esu en« –

Die Worte versagten ihr vor Empörung. Todmüde war sie auch; den ganzen Nachmittag hatte sie sich abgerackert, Reisig gesammelt drüben jenseits der Schlucht, wo die Lohschäler im Frühjahr gearbeitet hatten. Eine Riesenwelle, die, auf ihrem Rücken festgebunden, hoch ihren Kopf überragte, hatte sie ganz allein nach Hause geschleppt.

»Laoß hän bleiwen, wuh dän Peffer wächst! Maanswäjen!«

Gähnend riß sie den Mund auf und reckte die knochigen Arme über den Kopf. Die neugierigen Mondstrahlen überhuschten ihre ganze Magerkeit und fuhren zitternd zurück.

Humpelnd vor Müdigkeit patschte Lena auf ihren bloßen Füßen nun wieder in die Hütte zurück. Die Tür fiel unsanft ins Schloß.

* * *

Nikla Trittscheid war gemächlich durch den Wald gezockelt. Er hatte keine Eile; Glock elf würde er schon daheim sein.

Der Mond fing an zu scheinen, ganz wunderschön. An jedem Gras, an jedem duftenden Heidekräutchen hing ein Tautropfen und blinkte; beperlte Netze spannten sich über die Büsche und zwischen die unteren Äste der Tannen. Der ganze große Forst war wie mit Silber beschüttet. Rückwärts im Wiesengrund der Salm lagen die Ruinen von Kloster Himmerod, heute nicht altersdunkel, sondern freundlich beglänzt wie das weißgestrichene Wirtshaus daneben.

Nikla blickte noch einmal um und leckte sich dabei über die Lippen: Donnerwetter, das war ein Tropfen gewesen! Ein Glück, daß er den Wirt von Himmerod zu Eisenschmitt getroffen! Er hatte den kleinen Umweg nicht gescheut und den guten Mann nach Hause gefahren; zum Dank für die Gefälligkeit hatte der ihm Wein vorgesetzt – jungen Wein, sauer, daß es einem die Gedärme zusammenzog, aber kräftig, feurig, hei! – besseren Wein hatten einst die Klosterherren zu Himmerod gewiß auch nicht getrunken.

»Es sollt ein Fuhrmann fahrn,
Sechs Rößcher spannt er an« –

fing er an zu singen. Ä was, das paßte ja gar nicht! Ein ander Lied!

»Ein' Linde stund an jenem Grund,
War oben breit, war unten ru–u–und« –

Der Schlucken kam ihm, er konnte nicht weiter singen; nun begann er zu pfeifen. Komisch, wie spitz man dabei 's Maul machen mußte!

»Haha, hahahaha!«

Er lachte ohn' Unterlaß und wackelte hin und her. Die Flora wackelte auch, bald auf die eine Seite des Wegs, bald auf die andre; jetzt sank die Chaise ins ausgefahrene Geleise, jetzt schwankte sie oben auf dem Rain. Als ob sie alle beide betrunken wären, Pferd und Wagen!

»Ho, Flora, alde Schatehk!«

Nikla lachte in sich hinein und stieg dann mit steifen Beinen vom Bock rückwärts ins Chaischen.

Mit einem Plumps fiel er auf den gepolsterten Sitz: »Ah!« So war's kommod!

Immer langsamer zockelte die Flora.

»Ho, hott, Flora, voran gemaach!«

Sie guckte einmal flüchtig nach hinten, aber als ihr Herr nichts mehr sagte, sondern das Haupt auf die Brust sinken ließ, ließ auch sie den Kopf hängen und setzte die Beine, als müsse sie nach jedem Schritt erst einmal ordentlich ausruhn.

Der Weg war weich, eine beraste Waldstraße, auf der die Rehe spazieren und hinter tannenbedunkelten Büschen hervor äugen. Die Räder machten kein Geräusch. In unendlicher Lautlosigkeit schlummerte der Kunowald, und die Heide schlummerte auch, und weithin die duftigen, im Mondglanz verschwimmenden Höhen schlummerten auch.

»Ho–ho–Flo–lo–lora!«

Niklas' müder Hand entsanken die Zügel; sie hingen lose über den Bock. Die biedre Flora brauchte auch keine Lenkung, die war über die Jahre hinaus, in denen man Seitensprünge macht. Ganz richtig bog sie ein, wo der Wegweiser steht und die beraste Waldstraße auf die direkte Chaussee mündet, wendete sich hier sicher nach rechts statt nach links, zockelte noch ein bißchen, stand noch ein bißchen, zockelte wieder und blieb dann endgültig stehen. Hier war ein lauschiges Plätzchen. Seitab ein glucksendes, murmelndes Bächlein, weiches Gras mit würzigem Heuduft im feuchten Grund, und ein dunkles Tannendach, das kein Wind lüftet – hier stand sich's besser wie daheim im Stall!

Noch einen Blick warf sie rückwärts: der Herr saß still im Chaischen, den einen Arm bequem über die Lehne gehängt, den andern im Schoß ruhen lassend. Der Kopf war ihm hintenüber gesunken, ein seliges Lächeln spielte um seinen halboffenen Mund mit dem blonden Schnauzbart. Förmlich schön war das schlau-ehrliche Gesicht in all seiner Zufriedenheit.

Flora spitzte noch einmal die Ohren: er schnarchte.

Da schlief auch Flora ein. – – – –

– –

Und der Fuhrmann träumte.

Er fuhr in einem goldenen Wagen und ein herrlicher Schecke war vorgespannt, dessen Hufe berührten kaum den Boden. Husch, waren sie schon eine Meile weit und husch, wieder eine!

Er selber kutschierte nicht, er ruhte bequem auf seidenem Polster; auf dem Bock saß der Wirt von Himmerod, der lenkte. Und bei jedem Peitschenknall sprach der: ›Euer Wohl, Euer Wohl, Euer Wohl!‹

Und ein goldenes Fäßchen stand neben dem Nikla; er brauchte nur zu kommandieren, so lief ihm in den Mund, was er wünschte: Bier, Schnaps, Wein. Er drückte die Augen zu und schmatzte und stöhnte vor Behagen.

Und der herrliche Schecke lief, als flöge er. Die silbernen Glöckchen an seiner Mähne, die er mit blauen Schleifen geflochten trug, klingelten, mutig blähte er die Nüstern und stieß ein Wiehern aus, hell wie ein Trompetenstoß. Das machte, er hatte goldenen Hafer im Bauch.

›Hü, hü!‹ mußte der auf dem Bock immer zügeln. Dann rief er: ›Brrr‹, und der herrliche Schecke stand.

›Euer Wohl!‹ sprach der Wirt von Himmerod, und Nikla kniff die Augen zu und trank und schmatzte und dehnte sich vor Behagen.

Und der Wirt sprach wieder: ›Obergäriges von Kyllburger Hopfen bei der Cousine zu Spang-Dahlem! Doppelkorn bei der blonden Nichte zu Oberkail! Bei der Tante zu Schwarzenborn Heidelbeerwein! Des Bitburger Bier zu Eisenschmitt! Und neuen Apfelwein zu Himmerod – wohl bekomm's Euch! Grüßt Euer Frau!‹

Und damit verschwand er.

Und ehe Nikla schreien konnte: ›Zum Dunnerknippchen noch ehs, haalt!‹ wieherte der herrliche Schecke noch einmal auf und – – –

»Ah su, Flora, hm, du bis et,« sagte Nikla etwas enttäuscht und rieb sich die Augen. War das aber mal rasch gegangen!Da war ja schon der Stall – kotztausend, wahrhaftig, der Stall!

»Brrr, Flora, alde Schatehk!«

Mühsam stieg er aus dem Wagen, hakte die Stränge los, gab der Flora eins mit der flachen Hand aufs Hinterteil, packte sie dann – wie immer – am Halfter und zog sie – wie immer – hinter sich drein in den Stall.

– –

»Jesses, Mahn, wuh haste dann dat Chaische?!«

Es war ein heller Schrei, mit dem Frau Lena ihren Mann am Morgen weckte; ein unsanfter Puff in die Seite fehlte auch nicht.

Nikla fuhr auf und sah verwirrt um sich. Vor ihm stand sein Weib, und am Fußende der zerwühlten Bettstatt standen die fünf Kinder und glotzten den Vater an.

»Wuh es dat Chaische?!«

»Dat – Chaische?« Er faßte sich an den Kopf: au, brummte der Schädel!

»Dat Chaische!« schrie Frau Lena wieder und stemmte die Arme in die Seiten. »Wuh haste 't gelaoß?!«

Er starrte sie verdutzt an: »No, wuh 't immer es!«

»Olau, lauf für ze kucken! Hol et eweg, wann 't lao es!« Sie rüttelte ihn: »Dat Chaische!«

»Laoß mech zufrieden,« murrte er und wollte sich verschlafen auf die andere Seite drehen.

Aber sie ließ ihm keine Ruhe.

Da wurde er grob: »Hal dei Maul«

Sie hielt es aber nicht, sie schrie in einem fort: »Dat Chaische! Dat Chaische es weg! Wuh haste uns Chaische gelaoß?!«

Nun wurde es ihm doch zu bunt; mit beiden Beinen zugleich fuhr er zum Bett heraus, daß die Kinder, aufkreischend, zur Tür stoben. Er ihnen nach.

»Heilig Kreizgewieder noch ehs!« Da stand kein Chaischen unter dem Schuppendächelchen, leer war der Platz, ganz leer! Nur die Plane lag noch da, wie er sie gestern in aller Frühe zur Seite geworfen hatte, und der Strick, mit dem er die Deichsel hoch zu binden pflegte.

Kein Chaischen – wo war es?!

Mann und Frau starrten sich an.

»Dat Chaische?!« sagte sie vorwurfsvoll.

Und er, ganz ratlos: »Dat Chaischen!« Und schüttelte den Kopf und wischte sich über die Augen – war er denn blind? Er lief in den Stall: Da stand die Flora vor der Raufe und drehte den Kopf beim Tritt ihres Herrn. Da hing auch das Geschirr überm Haken an der Wand, wie er's immer hinhängte; da stand auch der Wassereimer – hatte er ihn heut nacht der Flora nicht noch frisch gefüllt? Ja, ja, er erinnerte sich ganz genau – doch das Chaischen – –?!

Er wußte nichts davon. Aber natürlich, das hatte er unter das Schuppendächelchen geschoben – wie immer – ehe er ins Haus gegangen war und sich neben dem fest schlafenden Weibe niedergelegt hatte.

Wo war es denn nun hin?!

Die Frau war außer sich, ihr Geschrei rief die Nachbarn herbei, Männer, Frauen und Kinder; das ganze Dorf lief zusammen vorm Häuschen des Fuhrmanns. Jeder war andrer Meinung über das verschwundene Chaischen.

»Hatt Ihr et aach am End irjenswuh unnerwegs stiehn gelaoß?« fragte einer und blinzelte den Nikla, dem der Kater auf der Stirn geschrieben stand, pfiffig an.

Dieser verschwor sich hoch und teuer: »Gewiß on enklich, ech haon et heihin gefaohr! Hei haot et gestannen noch dies Naacht, Uhrer zwöllef, su waohr ech läwen!«

»Dann es et gestohl!« sagte irgend jemand, und alle sahen sich betroffen an: wer stahl denn hier?! Wie ein unheimlicher Druck legte es sich auf aller Gemüter – gestohlen?! Nein, das war nicht möglich. Eher ging es nicht mit rechten Dingen zu.

Am Mittag gab es einen bösen Zank zwischen dem Ehepaar Trittscheid, Frau Lena hatte im Dorf dies und das zu Ohren bekommen. Es leuchtete ihr sehr ein: der Nikla hatte die Chaise in seinem Dusel gewiß unterwegs vergessen! Sie setzte ihm hart zu, haarklein mußte er den Verlauf seiner Tour berichten. Die Cousine in Spang-Dahlem unterschlug er wohlweislich, seine Frau hätte ihm diesen Umweg nie verziehen, selbst bei der Oberkailer Nichte machte sie ja noch ein böses Gesicht. Sie ließ ihn überhaupt gar nicht zu Ende kommen, sie fuhr ihm gleich über den Mund und schlug wütend auf den Tisch: »Du fahrlossene Kerl, besoff warste!«

Dagegen konnte er nichts sagen. Kleinlaut schlich er fort. Von weitem noch hörte er ihr Schluchzen: ›O dän schandluse Mahn! O ech deierlich Fraumensch!‹ Er konnte das Jammern gar nicht vertragen, so machte er, daß er hinaus auf seinen Acker beim Engsloch kam; da saß er nun auf einer umgestürzten Pflugschar und starrte trübselig auf die erbärmliche Stoppel.

Ihm war ganz ›blümmerant‹ vor den Augen, recht weh und elendig ums Herz. Es war um toll zu werden! Ein Chaischen kann doch nicht durch die Luft fliegen?! Er zermarterte sein armes Hirn: hatte sie am Ende auch recht, hatte er's Chaischen irgendwo stehn lassen?! Aber wie war er denn nach Hause gekommen?!

Nachdenklich stierte er auf seine Stiefel. In die war er heute, ungeputzt wie sie unterm Bett standen, gleich wieder hineingefahren. No, die sahen gut aus! Rote Erdklumpen hingen noch an den Sohlen, bis an die Schäfte hinauf war rote Erde geschmiert, jetzt zu einer Kruste getrocknet – Donnerwetter, wo war er denn da hereingetreten?! Solch roten, lehmigen, anklebigen Grund gab's doch nur unten am Bach im Kunowald – aber wie war er denn dahin geraten – – –?!

Sich den Kopf mit beiden Händen haltend, saß er lange. Plötzlich sprang er auf, so eilig in die Höhe, als wenn sich einer in die ›Krischelen‹ gesetzt hat. Ihm war eine Erleuchtung gekommen.

* * *

In dieser Nacht verhüllten Wolken den Mond, nur ab und zu stahl sich ein Strählchen hervor und leuchtete scheu wie der Schein einer Diebslaterne.

Im Dorf heulten die Hunde also nicht gen Himmel, sondern sie lagen in ihren Hütten, den Kopf auf die Vorderpfoten geduckt, und schliefen. Das ganze Dorf schlummerte; kein neugierig spähendes Auge wachte mehr.

Vom Kirchturm schlug's zwölf.

Langsam, langsam schob sich ein dunkler unkenntlicher Klumpen an der still ruhenden Mühle im Grund beim Ausgang des Kunowaldes vorüber, und weiter die steile Straße den Berg zum Dorf hinan, und immer weiter und weiter. Und ein tiefes Seufzen begleitete das langsame Vorrücken, ein unterdrücktes Fluchen, ein heimliches Stöhnen und hastiges Stoßgebet.

Das war eine Pferdearbeit! Aber ach, die Flora stand im Stall! Deren klappernder Hufschlag taugte nicht zu dem heimlichen nächtlichen Werk.

Ströme von Schweiß rannen Nikla Trittscheid über den Leib, keinen trocknen Faden hatte er mehr an sich, obgleich er in Hemdsärmeln lief und von Mosenkopf her ein Lüftchen wehte, so herbstkühl, so taufrisch und himmelsrein, wie es eben nur in der Eifel wehen kann.

All seine Pulse klopften, sein Atem pfiff, das hämmernde Herz wollte die Brust sprengen.

Vom Bach im Kunowald an hatte er das Chaischen gezogen.

Da war's erst bergab gegangen – aber nun hier wieder bergauf, o weh! Würde er je sein Dorf erreichen?! Ein Schwindel der Überanstrengung machte ihn taumeln, aber er überwand das Unwohlsein. Wie würden sie ihn auslachen, wie ihn verhöhnen, wenn sie erfuhren, was er ›pexiert‹ hatte! ›Nikla met 'm Chaise,‹ so würde er heißen für ewige Zeiten!

Mit letzter Kraft ruckte er wieder an. Die Muskeln an seinen Armen schwollen; den Kehlkopf zum Platzen herausgedrückt, die Zähne zusammengebissen, keuchte er weiter. Die Knie drohten ihm zu brechen, der Rücken schmerzte ihn, er bereute all sein Sünden.

Lob sei allen Heiligen, da war endlich das Fußfällchen beim Anfang des Dorfes! Vereinzelte Häuser standen. Nur leise, leise jetzt, vorsichtig, daß kein Rad quietschte, kein Stein holperte, keinTritt hallte!

Beim Schenkwirt Lenz schimmerte noch Licht; durch die ausgeschnittenen Herzen der Läden fiel der Strahl auf die Straße.

Leise – ganz leise – leiser – noch immer leiser!

Er lauschte: Stimmen! Drinnen saßen noch welche! Was sollte er nun machen?! Da kam er nicht unbehelligt vorbei, die hörten ihn, das war so sicher wie das Amen in der Kirche!

Den Atem anhaltend, blieb er stehen. Jesus, der Durst! Er leckte sich über die aufgesprungenen Lippen. Wenn er jetzt keinen Schluck kriegte, wahrhaftig, so fiel er um. Er fühlte schon, wie ihm das Blut zu Kopf stieg. Kühlung mußte er haben, sonst rührte ihn der Schlag, auf der Stelle!

Aber wohin mit dem Chaischen?! Kurz entschlossen schob er es hinter die Lindenhecke, die das Heiligenbildchen zum Schutz umgab. Da sah es kein Mensch, noch dazu im Stockdunkeln! Die andern drinnen würde er schon überdauern, und dann als letzter, ganz unbemerkt, das Chaischen vorholen und heimbringen.

Noch ein Zögern, dann trat er ein beim Lenz; der Durst war zu groß.

Aber wenn er gehofft hatte, die andern zu überdauern, so hatte er sich gewaltig geirrt. Die hielten bei ihm aus. Er war der Leidtragende – die Lena mochte ihm höllisch zugesetzt haben, dem armen Kerl! So trösteten sie ihn denn und traktierten ihn um die Wette.

Der Osten ließ schon bleichrötlichen Schimmer ahnen, und die Hähne krähten triumphierend auf den Misthaufen, als sie alle miteinander die Schenke verließen.

Einsam blieb das Chaischen hinter der Hecke zurück.

Was half es dem Nikla, daß er sich sträubte?! Die Teilnahmsvollen brachten den innerlich Verzweifelnden bis vor sein Haus und warteten getreulich, bis die Tür sich hinter ihm geschlossen hatte.

– –

Trotz seiner Verzweiflung war er eingeschlafen.

Ein Klopfen an der Haustür weckte das Ehepaar auf.

»Frau Trittscheid, Frau Trittscheid, Eier Chaische es hei! Et stieht hinnerm Fußfällche owen an Lenzen!«

Der barfüßige Ziegenjunge war's, der seine Herde, die er früh austrieb, im Stich gelassen hatte, um die frohe Botschaft zu bringen.

Frau Lena stürzte davon, halb angekleidet, mit fliegenden Zöpfen.

Langsamer stand Nikla auf; er wußte nicht recht, sollte er sich freuen oder sich wappnen gegen das, was da kommen würde.

Noch stand er im Stall und betrachtete zögernd seine Flora, da kam Frau Lena auch schon wieder zurück, heiß, rot, vor Freuden fieberhaft aufgeregt; Kinder und Nachbarn stürzten hinter ihr drein.

»Uns Chaische, uns Chaische! Och, ech haon hän äwer aach gebitt de ganz Naacht! Eweil haot hän mech erhört – uns Chaische es hei! En Wunner, en Wunner! Uns Chaische, uns Chaische!« Sie weinte und lachte vor Glück. –

Als Nikla,um weniges später, mit der tänzelnden Flora, stolz erhobnen Hauptes und strahlend wie ein Sieger, sein Chaischen durchs Dorf heimfuhr begegnete ihm sein Weib. Frau Lena war im Sonntagsstaat und lief geschwind. Er lächelte ihr, hoch vom Bock, triumphierend zu: was sagte sie nun, he?! Würde sie noch so schelten?!

Rot werdend, schlug sie die Augen nieder, dann stürzte sie weiter.

Sie eilte zur Frühmesse, dem heiligen Antonius, der alles Verlorene wiederschafft, demütigen Dank zu sagen.

* * * * *

Die Liste

Nikla Steffens wohnte bei seinem Bruder Josef. Josef Steffens hatte ein Gasthaus – ›Zum frohen Landmann‹ – im Kreisstädtchen.

Im Winter liegt das Nest eingesargt zwischen den Bergen; um seine vier Ecken wehen die Zipfel des Bahrtuches, hängen weiß und kalt über die im Sommer so sattgrün sich senkenden Matten. Von der Höhe herunter, dem einsamen Maar entstiegen, wälzen sich Nebel, füllen den Talkessel und flattern, vom störrischen Eifelwind zerrissen, gleich Fetzen von Trauerfahnen.

In den Häusern brennt trübe das Licht – kurze Tage, lange Abende. Zweimal täglich kommt die Eisenbahn, aber sie bringt keine Passagiere. Mühsam dringt der heisere Pfiff der keuchenden Lokomotive durch die Nebel; wenn Schnee sich in Wällen türmt, kommt sie gar nicht.

In den warmen Ställen mampft träge das Vieh und käut verschlafen wieder; in den Stuben hocken die Menschen, untätig und gelangweilt. Die Ofen sprühen, man stopft sie voll bis an den Türrand. Eine schwebende Hitze ist drinnen; draußen aber sinkt kalter Nebel auf die abschüssigen Gassen, wächst bis zu den Firsten, reckt sich höher als der Kirchturm, breitet sich weiter hinaus als bis zum letzten Haus. Und dieser kalte, nässende Nebel wird zur Mauer, zum Panzer; seine graue Schwere hängt vor den Augen wie ein zu dicht gewebter Schleier, man sieht nichts mehr von der Welt draußen.

Nikla und Josef Steffens saßen in der Wirtsstube ›Zum frohen Landmann‹ auf der Holzbank beisammen, dicht am Ofen und stierten in ihre Gläser. Sie waren ihre besten Gäste. Beide hatten sie die Arme aufgestemmt, die Hände stützten den schweren Kopf; das gedunsene Fleisch der Backen wurde so nach oben gedrückt, daß die Augen fast verschwanden. In ihren Flauschröcken von gleicher Farbe sahen die zwei aus wie ein und dieselbe Person; ihre Bäuche waren gleich aufgeschwemmt, und zwischen den schiefhängenden Lippen hielt ein jeder die gleiche kurze Pfeife. Mächtige, stinkendeTabakswolken hüllten sie ein, wie Rauch eine Brandstätte.

»Du, sauf net esu vill« brummte Josef.

»Sauf du net esu vill,« brummte Nikla.

Josef ärgerte sich: von Michaeli ab, seit der Bruder zu ihm hergezogen war, konsumierte der ›frohe Landsmann‹ noch einmal so viel Bitburger Bier als sonst, noch einmal so viel an Hefen und Doppelkorn; stand am Morgen eine frische Flasche auf dem Schenktisch, so war sie bald entkorkt und abends war sie leer.

Die Brüder blinzelten ins Licht. Draußen stöhnte der Abendwind.

Josef murrte unverständliches: »Ech saon der – dat, dat – maach –!« Dann erhob er sich schwerfällig und schlorrte in seinen niedergetretenen Pantoffeln zum Schenktisch. Prüfend hielt er eine Flasche gegen 's Licht: »Als widder leer!« setzte die Flasche an den Mund, warf mit einem Ruck den Kopf hintenüber und tat einen langen Zug. »Ah – brrr!« Sich die Lippen leckend, schüttelte er sich alsdann. »Ken Droppen mieh drin,« schrie er. »Du Söffer!«

Nikla nickte: »Prost!«

»Wat zu vill es, es zu vill!« ereiferte sich Josef, pflanzte sich vor den Bruder hin, die Hände in den Hosentaschen, und bemühte sich, seinem verquollenen Gesicht einen möglichst drohenden Ausdruck zu verleihen. »Dat elao gieht net esu weider, hörste?! Ech schinnen mech Dag on Naacht, ech hon Weib on Könder ze ernähren, ech repräsentieren de Famillich, on du, du« –die Rechte aus der Hosentasche ziehend, schlug er mit der geballten Faust auf die Tischplatte – »du Söffer! Dat Faß es schons widder am End! Un des Doppelkorn haon ech kein Flasch mieh im Keller !«

Nikla lachte gutmütig: »No, eschoffier dech nur net esu! Du haos jao eweil einen sitzen!« Gemütlich wollte er den Bruder auf die Schulter klopfen.

»Wat? Ech einen sitzen? Hei erum haot keinen einen sitzen! Dat es net Mod in der Eifel! Keinen einen – keinen einen – keinen einen!« Er hob jedesmal die Faust und donnerte auf die Tischplatte. »Äwer du, du – wuh es dän Schnaps, dän mir vor sechs Wochen erscht gekauft haon, häh?«

»Versoffen,« sagte der andere lakonisch.

»Du has hän versoffen,« schrie Josef.

Eine Flut von Vorwürfen ergoß sich über den Bruder; dazwischen tauchte das Wort ›Söffer‹ immer wieder auf, und in stets sich steigerndem Tonfall.

»Oho!« Auch Nikla erwärmte sich; sein Gesicht wurde noch um eine Schattierung röter, seine Kupfernase glühte. »Haal dei Maul,« sagte er zuletzt grob. »Ech sein en ledige Mannsperson, ech haon nach neist ze fragen. Äwer du« – er nahm dieTabakspfeife aus dem Mund und spuckte mit Ostentation auf die Diele – »ech dähten mech schenieren vor mein' Könder; se saon als: ›Olau, dän Papa es besoff!‹ Se laachen!«

»Laachen?!« Josef zitterte vor Wut; da hatte der andere seine schwache Seite getroffen; je weniger Respekt seine Kinder vor ihm hatten, desto mehr Wert legte er darauf. »Ech will se lehren – laachen?!« Brüllend hielt er Nikla die Faust unter die Nase: »Versoffen Luder!« – »Besoffen Schwein!«

Sie blieben sich keine Gegenrede schuldig; die vollgequalmte Stube hallte wider von ihrem lauten Zank. Wie Stiere auf dem Kampfplatz standen sich die Brüder gegenüber, die schweren Köpfe vorgestreckt, bereit, sie gegeneinander zu rennen. ›Söffer – Söffer –‹ das war das rote Tuch, das sie reizte.

Draußen im Flur drängten sich die Kinder und lauschten; sie liefen zur Mutter in die Küche, sich überhastend, begierig, die Botschaft zu bringen.

»Als widder?!« Frau Tina war ein resolutes Weib. »Dem muß en End gemaach gänn!« Sie öffnete rasch die Tür der Wirtsstube; gerade taumelte ihr Nikla entgegen.

Beim Anblick der Schwägerin versuchte er eine gewisse Umgänglichkeit zu zeigen. »Dän Josef es eweil net guder Laun'; ech giehn bei dän Mathes in de Post. n' Aowend zusammen!«

Die Kinder kicherten hinter ihm drein, als er langsam zur Haustür hinaustappte. – – – –

Heute trank Josef nichts mehr, nur ein paar Gläschen Bier zur Beruhigung und einen Bitteren; der Ärger war ihm auf den Magen geschlagen.

Aber er hielt Rat mit seiner Frau, erst auf der Ofenbank, dann noch lange in den getürmten Kissen des Federbetts. Er rieb sich die Stirn und warf sich ächzend hin und her.

»Maach en End,« drängte die Frau, »schmeiß hän eraus!«
»Hän es meim Pappa selig seine Sohn, esu gud als ech et sein,« seufzte der Mann. »Nä, dat duhn ech net, dat kann ech net! Äwer, äwer« – eine plötzliche Eingebung schien über ihn gekommen – »wann ech hän nur uf de List' kriehn könnt!«
»Jesss!« Froh erschrocken faltete die Frau die Hände. »Dat wär – uf de List'?!«
Und dann tuschelten sie miteinander.

* * *

Als Nikla Steffens gegen Mitternacht, schwer bezecht nach Hause kam, war die Tür des ›Frohen Landmann‹ verschlossen. Er klingelte, er klopfte – niemand öffnete. Kein Licht war mehr drinnen.
Für einen Augenblick wurde Nikla nüchtern. Regen und Schnee, zu spitzen Eisnadeln ineinander verschmolzen, stachen ihm ins Gesicht und setzten sich in seinem Haar und Bart fest. Er trabte, um sich zu erwärmen, im unergründlichen Morast der Straße auf und nieder.
»Hä, holla!« Er rief laut.
Alles blieb still.
Eine plötzliche Angst überkam ihn – war denen am Ende was passiert?! Er rief wieder, aber wieder kam keine Antwort. Er schrie, er schlug mit der Faust gegen die Tür: »Josef, Josef!«
In der Nachbarschaft öffnete sich ein Fenster. Bald tat sich noch eines auf.
»Josef! Josef!«
Die Fenster wurden wieder zugeschlagen, lachend krochen die Nachbarn in ihre warmen Betten zurück.
Die Nebel wallten. Sie bekamen greifbare Gestalten, wankten vom Berg nieder in die Gasse, näherten sich, schnitten Fratzen, streckten die Zunge heraus, rangen die Hände, drohten und weinten.
»Huhuh« heulte der Wind. »Huhuh – Söffer – huhuhuh!«
»Zom Dunnerknippchen!« Nikla konnte nicht mehr hin- und herrennen, schwankend lehnte er sich gegen die Haustür. Wollten die drinnen ihn zum Narren halten? Ließen sie ihn etwa zum Possen draußen stehen?!

Aber seine Ernüchterung war bald schon wieder vorbei, die eisige Nässe, der tropfende Nebel machten die Glut seines Innern nur neu aufzischen; die Wut der Trunkenheit brach los. Er brüllte, trat gegen die Tür, daß sie krachte, und daß er selbst, das Gleichgewicht verlierend, hintenüber in den Morast fiel.

Fluchend, taumelnd, stürzend, sich aufraffend, wieder stürzend und sich wieder aufraffend, kam er endlich auf die Beine. Er warf sich von neuem gegen die Tür. Lallte, schimpfte, tobte – da – er hatte einen Knüppel ergriffen; unsicher und schief geschleudert traf der doch, klirrend stürzten die Scherben des nächsten Fensters auf die Gasse. Mit Triumphgeheul tobte der Trunkene weiter; er sielte sich im Schmutz.

Die Nachbarschaft wurde unruhig, die Fenster öffneten sich wieder, und man schimpfte. Da endlich tat sich die Tür des ›frohen Landmann‹ auf, und eine Frauengestalt in Nachtjacke und Nachtmütze zog den Nikla herein!

* * *

Am andern Morgen machte Josef Steffens einen ungewöhnlich frühen Ausgang. Als er wiederkam, rieb er sich die Hände und nickte schmunzelnd seiner Frau zu: Dat wär gemaach! Des Doppelkorn, Tina! Alles in Ordnung. De Flasch es hinnerm Schrank verstoch! Gief ens här, Tina!«

Auch Frau Steffens war frohgelaunt. Im ganzen Haus war eine stille, geheimnisvolle Fröhlichkeit; die Kinder machten erwartungsvolle Augen wie vor der Bescherung zu Sankt Nikolaus, und Josef saß auf der Ofenbank mit der Miene eines Weisen.

Derweilen schlief Nikla seinen Rausch aus; er lag wie tot auf seinem Bett oben in der Kammer. Draußen stürmte es gewaltig, aber er hörte nichts davon.

Die frühe Winterdämmerung stahl sich schon ins Fenster, als er endlich erwachte. Verwirrt setzte er sich auf: potztausend, schon so spät?! Da hatte er das Mittagessen richtig verschlafen – tat nichts, er hatte keinen Hunger, nur einen Durst, einen Durst, ganz fürchterlich! Die Zunge klebte ihm am Gaumen, der Hals war wie ausgebrannt. Hastig, noch ein wenig unsicher, suchte er Pantoffeln und Rock; die Hosen hatte er noch von gestern an, die hatte man ihm nicht abgezogen. Es dauerte eine ganze Weile, bis er sich die Situation klarmachte, aber der Durst, der Durst trieb ihn zur Eile.

Unten in der Wirtsstube erschallte Gelächter – was war denn los?! Die tranken wohl schon?! Da mußte er auch dabei sein! Das Wasser lief ihm im Munde zusammen. Wie ein steifbeiniger alter Hahn stolperte er die Hühnerstiege hinunter.

In der Stube lachten sie noch, aber als er eintrat, wurde es mäuschenstill.

Es waren verschiedene Gäste da: der Briefträger, der Fischer, der Metzger, ein paar Ackerer, die zwei nächsten Nachbarn und der Bruder auf der Ofenbank. Alle sahen ihn an.

»n' Aowend all zusammen,« sagte Nikla – er konnte kaum sprechen vor Trockenheit der Kehle – »'nen Droppen, Josef! Ech kommen um!«

Aber Josef rührte sich nicht.

»Bier! En groß Glas!«

Man hörte dem Nikla ordentlich den Durst an; er leckte sich die aufgesprungenen Lippen und näherte sich dem Schenktisch: »Bier!«

Ohne Wort hob sich Josef ein wenig vom Sitz und streckte den Daumen aus. Aller Augen folgten dem Fingerzeig, man hielt den Atem an, ein breites Lächeln zog über aller Gesichter – da – ein Papier hing an der Wand, gelbliches Aktenpapier, in großem Format.

»Guck elao,« sagte Josef »de List'!«

Und eine schallende Lachsalve brach los.

Halb gestoßen, halb gezogen, näherte sich Nikla der Wand. Er las und las und begriff nicht, was er gelesen hatte:

»**Nachweisung**

»derjenigen Personen, welchen bei Polizeistrafe keine
»geistigen Getränke verabreicht werden dürfen und
»welchen auch zugleich der Aufenthalt in den Wirts-
»häusern untersagt ist.
»Polizeiverordnung Kgl. Regierung vom 17.8.1842.

Namen	Stand	Wohnort
Steffens, Nikolaus	Rentner	Hier

War das sein Name, wirklich und wahrhaftig sein Name?! Nikla griff sich an den Kopf.

Und darunter:

13.1.1898 Die Polizeiverwaltung
Der Bügermeister.«

Er rieb sich die Augen, er taumelte; und dann sah er mit blödem Lachen die anderen der Reihe nach an: das war ein Spaß, haha, gar kein schlechter! »Hahaha!« er versuchte zu lachen, aber er verschluckte sich.

Der Nachbar Simon klopfte ihm auf den Rücken. »Nächtliche Ruhestörung, öffentliches Ärgernis! Jao, jao, de List', wann wir die List' net hätten!«

Und Nachbar Miff fügte hinzu: »Wat hatt Ihr dann die Nacht esu schpitakelt?! Eweil hat onsen Bürgemeister die Verfügung widder ufgenommen: wän säuft – dat heißt, esu vill säuft, dat hän de öffentliche Ruh stört, gieft ufgeschriewen. Uf de List'. Un se hängen de List' in de Wirtschaften, dat mer't auch weiß, wän dän größten Söffer es. Et haot als lang keinen mieh drufgestannen. Se haon all im Stillen gesoff!« Mit den Augen zwinkernd, lachte er, und die anderen alle lachten auch.

Nikla stand regungslos.

»Jao, Ihr seid et,« sagte Simon und stieß ihn mit dem Zeigefinger vor die Brust. »Ihr stieht eweil druf!«

»Ech – ech –?« stammelte Nikla.

»Ihr seid angezeigt gänn!«

»Wän – wän – haot mech –«

Der Fischer lachte: »Eweil seid Ihr dreckig dran, Ihr sitzt uf'm Trocknen wie en Forell, wann dän Teich abgelaoß es !«

Nikla schnappte nach Luft; das ganze Verständnis schien plötzlich über ihn gekommen. Ein heiserer Schrei rang sich aus seiner vertrockneten Kehle: »Wän hat dat gedahn?!« Wild sah er sich um, mit rollenden Augen.

Da saß Josef auf der Ofenbank, und ein schlaues Grinsen verklärte sein Gesicht. »Ech,« sagte er.

»Du?!« Noch ein heiserer Schrei! Es schien, als wolle sich Nikla auf den Bruder stürzen, er stand mit erhobenen Armen, mit geballten Fäusten – aber nur wenige Augenblicke, dann fielen ihm die Arme herunter; ganz gebrochen sank er auf den nächsten Stuhl.

* * *

Josef Steffens fühlte sich diesen Abend gar nicht recht wohl in seiner Haut. Oben in der Kammer rannte Nikla hin und her wie ein wildes Tier, man hörte sein Fluchen und Stöhnen. Josef schlich hinauf und lauschte vor der Tür – ah, drinnen schluchzte jetzt der Bruder!

Da mußte sich Josef betäuben; er sog wie ein trockner Schwamm jede Flüssigkeit ein, bis er dick voll war. Seine Frau machte ihm Vorwürfe, aber die kam schön an. Er schimpfte, beschuldigte sie böswilliger Anstiftung, schrie und drohte ihr und polterte; zuletzt prügelte er sie. Nach den sich flüchtenden Kindern warf er mit Flaschen und Gläsern.

Die Frau heulte wie eine Besessene und rief die Nachbarn zu Hilfe. Die Kinder kreischten, die Nachbarn schalten, der Trunkene polterte; ein Lärmen drang durchs ganze Haus bis hinaus auf die Straße.

Und oben in seiner Kammer lag Nikla wach und rieb sich die Hände, wie Josef es am gestrigen Abend getan hatte – aha, nun wußte er auch, was er zu tun hatte! –

Ein paar Tage gingen sich die Brüder aus dem Wege. Am dritten Tage kam Josef aus der ›Post‹ nach Haus – er trank jetzt lieber anderswo, daheim schmeckte es ihm gar nicht, seit der Bruder nicht mehr mitsoff –, stolperte in die Wirtsstube und steuerte gewohnheitsmäßig auf die Ofenbank zu. Er hatte Kopfschmerzen, seine Blicke waren sehr trüb, und er hielt die Augen halb geschlossen; plötzlich riß er sie weit auf.

Ein Papier lag auf dem Tisch – gelbliches Aktenpapier in großem Format – sorgfältig war es an den Ecken mit Flaschen beschwert:

»**Nachweisung**

»derjenigen Personen und so weiter.

Namen	Stand	Wohnort
Steffens, Niklas	Rentner	Hier
Steffens, Josef	Gastwirt	Hier

Die Liste! Die Liste! Josef stand wie angenagelt und rührte sich nicht.

Da ging die Türe auf – Nikla trat ein.

Totenstille. Die beiden Brüder starren sich an. Sie stehen sich gegenüber; in ihren Flauschröcken von gleicher Farbe, mit ihren aufgeschwemmten Bäuchen, ihren gedunsenen Gesichtern, ihren Kupfernasen, ihren schief hängenden Lippen sehen sie aus wie ein und dieselbe Person.

Keine Regung. Man hört jedes Knistern des Feuers, jeden Windhauch im Schlot.

Jetzt ein tiefes Atemholen. Des Nikla Mund zieht sich in die Breite, er streckt den Finger aus: »De List'!«

»De List'!« wiederholt Josef. Und dann atmet auch er wie erlöst, auch sein Mund zieht sich in die Breite, seine verquollenen Äuglein zwinkern den Bruder an: »Du Filu!« Er schlägt mit der flachen Hand aufs Papier, daß die Flaschen tanzen. »De List' – haha – hahahaha!«

Und sie lachen beide so laut, so schallend, daß Tina und die Kinder neugierig herbeistürzen.

* * *

Ein paar Stunden später lagen sich die Brüder tief gerührt in den Armen. Das geschah unten im Keller; ein Lämpchen brannte trüb am Boden. Sie saßen beide mitsammen auf einem Schemel vor dem großen Faß.

Nun tranken sie nicht mehr im Wirtshaus – sie tranken unterm Wirtshaus, gleich frisch aus der Quelle.

»Du Söffer,« sagte Josef. »De List'! Haha – hup!«

»Du Söffer,« sagte Nikla. »De List'! Haha – hup!«

Und sie küßten sich.

* * * * *

Ein Kriegsandenken

Auf der Höhe gen Schmidtheim zu ist's selbst im Sommer öde. Nicht Schatten, nicht Bäumerauschen; die Wälder sind zurückgeblieben in geschützteren Strichen, übers kahle Plateau mit seinen hungrigen Ginsterbüschen und dem verbrannten Heidekraut streicht frei der herbe Eifelwind. Jetzt ist er zum Schwert geworden, zum scharfen Schwert, das die Brust verwundet und das Gesicht zerschneidet. Es ist November. Und es schneit.

Schräg fallen die Flocken, vom Nordost getrieben; aber sie fallen dicht und unablässig und schichten die weiße Last immer höher und höher, die auf der erstarrten Erde liegt. Kein Weg, kein Meilenstein, alles ist verweht. Nur dürftige Ebereschenbäumchen ragen wie Besen aus der verschneiten Öde und zeichnen mühselig die Linie der Chaussee.

Auf der Höhe von Schmidtheim krächzen die Raben. Ein ganzer Schwarm der schwarzen Vögel treibt daher. Auf einer einsamen Kiefer fallen sie ein, schlagen mit den Flügeln, daß der Schnee von den Zweigen stiebt, und reißen gierig die Schnäbel auf. Sie erwarten Fraß.

Langsam, langsam naht ein Zug. Hinter der nächsten Schneewehe taucht er gespenstisch auf, umhüllt von Flockenschleiern; sein Ende ist nicht abzusehen, das verliert sich im weiten Meer endlosen Schnees, im bleichgrauen Dämmer des sinkenden Novembertages.

Kein Ruf, kein Wort; stumm naht der Zug. Aber die Raben krächzen triumphierend laut, frech äugeln sie die Menschen an: das sind Todgeweihte!

Niemand scheucht die Vögel.

Das Gesicht in den hochgeschlagenen Mantelkragen vergraben, den Helm tief in die Stirn gedrückt, reitet der preußische Wachtmeister voran; er ist müde, und sein Pferd ist auch müde, und verdrossen sind sie alle beide. Er sieht sich nicht um; der Karabiner hängt ihm lässig über den Rücken: von denen da hinter ihm wird keiner desertieren. Des ist er sicher.

Die Füsiliere, die, in weiten Abständen, den Gefangenentransport eskortieren, haben auch nicht acht. Mühsam stapfen sie voran; heute hat ein jeder genug mit sich selber zu tun. Schwer nur hebt sich der Fuß aus dem tiefen Weiß; ganze Hände voll Schnee nimmt der Sturm und schleudert ihn in die kalten und doch verschwitzten Gesichter. Mit geschlossenen Augen, mit vorgebeugtem Oberkörper sucht ein jeder die Windstöße zu parieren.

In Lumpen, in Zotteln, in notdürftigen Fetzen, so wandern die Gefangenen von Metz, die Söhne Frankreichs, dem Barackenlager auf der Wahner-Heide entgegen. Der Weg dahin ist noch weit. Bis Trier hat die Eisenbahn sie gebracht; aber die Eifel durch- quert noch kein Schienenstrang, da heißt es: marschieren. Tage und Tage.

Schnee liegt auf den Käppis, die roten Hosen sind zerrissen. Ihrer viele sind ohne Strümpfe und Schuhe, haben die blutenden Füße nur mit Lappen umwickelt; und alle sind sie verhungert, verfroren, verelendet.

Wie weit noch der Marsch, wie lange noch bis zum Nachtquartier?! Seit dem grauenden Morgen sind sie marschiert; nein, nicht marschiert, geschlichen wie Schnecken, gekrochen, wie Würmer.

»Vorwärts – marsch!« Das ist ein Kommando, aber niemand hört es. Der starke Eifelwind nimmt das Menschenwort und zerrupft es in nichtige Stückchen.

Jetzt setzt sich einer platt nieder und fängt an, die durchnäßten Lappen von seinem Fuß loszuwickeln; andere setzen sich daneben und machen's ebenso. Die blaugefrorenen, nackten, mageren Beine stehen im eisigen Schnee. Gutmütig gibt ein Mann von der Eskorte sein buntes Sacktuch her, aber das langt nicht; so wird noch ein Fetzen von der roten Hose dazu abgerissen. Glücklich, wer ein Stück Pferdedecke, einen Mantelfetzen zum Verband hat!

»Vorwärts!« Weiter geht's dann wieder. Noch immer kein Dorf, und schon kommt der Abend. Sterne lugen zwischen bleichem Gewölk vor, aber niemand sieht zu ihnen auf.

Weiter, immer weiter. Und eine tödliche Müdigkeit stiehlt sich in die Glieder. Hinlegen – hier – da – wo es auch sei – sich hinlegen, nur nicht mehr weitermüssen!

Einer bleibt zurück. Jean Claude Durand aus Valence ist's.

Die Ruhr hatte ihn in Metz gepackt; nun war die Schwäche der Krankheit noch in ihm. Gestern schon, auf dem langen Marsche – auf, ab – ab, auf – über unendliche Eifelwellen, getrieben vom mächtigen Wind, der längs der Schneifel daherstreicht, war er zusammengebrochen. Kameraden hatten sich bemüht, ihm weiter zu helfen – hatten sie doch auch miteinander die Qualen der Belagerung im engen Metzer Loch ausgestanden– aber hier versagte ihnen allen die Kraft. Liegen geblieben wären sie elend am Weg, hätte nicht ein Bäuerlein, das ledig daherzockelte, sie auf sein Gefährt geladen, das arme Vieh der übrigen Herde nachgebracht.

Aber heute, heute nahte kein Wagen, kein Retter!

Jean-Claude stand und lauschte. Todesstille ringsum. Die Kameraden waren weitergewankt; kaum schleppten sie sich allein, sie merkten sein Fehlen nicht. Niemand merkte das. Ein Grausen kam ihn an, eine plötzliche Furcht – ob er rief, Hilfe schrie?! Er öffnete den Mund und schloß ihn wieder. Nein, nicht rufen, wozu auch?! Es würde ihn niemand hören, der Schnee verschlang jeden Laut.

Ach, so müde! Langsam duckte er sich nieder – nur ein bißchen sitzen, dann würde er die anderen schon wieder einholen, die gingen langsam – huh, wie kalt! Entsetzt fuhr er gleich wieder auf, der Schnee war ihm eisig durch die dünnen Hosen gedrungen. Die Zähne klapperten ihm, und doch brannte seine Kehle heiß von verzehrendem Durst; Schnee mußte den löschen. Er schlürfte und schluckte; der Magen krampfte sich ihm zusammen, in seinen Eingeweiden wühlte Schmerz. Er mußte sich hin- legen, mochte es noch so kalt sein – nur hinlegen!

Über den Einsamen jagten die Schneeschauer. Unablässig mußte er sich schütteln, bald diesen Arm heben, bald jenen, bald das linke Bein, bald das rechte: ganz zuschneien wollte er doch nicht. Aber warum denn die Mühe, was schadete denn eigentlich das Zuschneien?! Nur rasten, ruhen!

Jean-Claude streckte sich lang. Ah, das tat wohl sich so zu dehnen! Die erfrorenen Füße wurden jetzt warm im Schnee. Er lag auf dem Rücken und starrte gen Himmel. Nun sah er die Sterne – sie blinkten trüb durchs Schneegewölk – daheim blinkten sie anders, viel größer, viel goldener, viel freundlicher! Ach ja, in Frankreich! Ein plötzlicher Schmerz durchzuckte ihn flüchtig: Frankreich würde er nicht wiedersehn – nie! Nun gut. Wenn er jetzt nur schlafen könnte, schlafen, ohne zu erwachen!

Sterben – ja sterben! Das war das Einzige, wonach es Jean-Claude Durand verlangte. Er faltete die Hände auf der Brust gerade über dem Amulett, das ihm seine Mutter umgehängt hatte. Sie hatte geweint, als er ihr adieu gesagt, und seine Liebste hatte auch geweint – nun gut, mochten sie noch mehr weinen, wenn er nicht zurückkehrte! Er konnte es nicht ändern, er war zu müde, er mußte sterben.

Er hatte es eilig damit. Nur nicht mehr sich durch diese Öden schleppen, auf diesen kranken Füßen, deren Zehen voller Beulen, deren Sohlen offene Wunden waren! Und immer weiter voran, immer weiter – wohin?! In immer schrecklichere Öden, wo es nur Schnee gab, immer Schnee, so viel Schnee an einem Tage, wie er in den ganzen zwanzig Jahren seines Lebens zusammen nicht gesehen hatte.

Wenn nur der Hunger nicht so grimmig nagte! Mechanisch steckte er die Hand in die Tasche der zerschlissenen Hose – leer, keine Krume mehr darin! Nun gut. Dann gab's eben nichts mehr zu essen, desto eher kam der Tod! Und der junge Jean-Claude sah greisenhaft alt aus mit seinen hungrigen, blutlosen Lippen, mit seinen abgemagerten Wangen, mit seinen Blicken voll stumpfer Resignation.

Er legte sich ein wenig auf die Seite, daß der Schnee ihm nicht gerade ins Gesicht fiel, faltete die Hände wieder auf der Brust und schloß die Augen. So lag er gut; nun war er zufrieden. Mochten die Kameraden auch jetzt vielleicht schon im Quartier sein, er beneidete sie nicht, am Morgen mußten sie ja doch wieder weiter, die Armen! Er hatte es besser. Ihn legte jetzt die Mutter in ein weiches Federbett und deckte ihn bis an den Hals zu.

Er hatte auch von dem Wein getrunken, von dem feurigen roten, den er vergangenen Herbst selbst gekeltert hatte. ›Trink, mein Kind,‹ sagte die Mutter, ›trink du nur, dann schläfst du gut!‹ Die Krämpfe im Leib ließen schon nach. Wohlig versank sich's in den Federn, in lauter Federn. – – – – – –

Und es schneite und schneite. – – – – –

– –

»Dunnerkiel,« sagte Schmitzen Ingenatz, der mit seinem Weib hinauf gen Schmidtheim stapfte, »dat es 'ne Schnie! Treck, treck, Frau, dat mir häm kommen met unse sibbe Saache. Kotzdonner noch ehs, treck!«

Er hatte sein Weib vor das Kärrchen gespannt, darin sie Holz geholt hatten aus dem Tal des Dahlemer Baches, waren sie doch sicher, heute bei dem Schnee nicht dem Gendarmen zu begegnen. Zudem war's schon Abend. Sie hatten schwer geladen, ein paar ordentliche Kiefernknorren aufgepackt und unter Reisig auch noch ein paar Buchenscheite von das Försters Klasterhof verborgen. Aber nun würde es auch warm werden in der abgelegenen Hütte, durch deren zerbrochenes Fensterchen, obgleich es mit Papier beklebt war, der Wind gewaltig pustete.

»Hott, hahr! Treck, treck!« ermunterte Ingenatz.

»Däu, däu!« ächzte das Weib.

Der Schnee stemmte sich gegen die Räder. Die beiden fluchten und schimpften und stoßseufzten und strengten sich an, daß ihnen der Schweiß troff. Ihr schwollen die Sehnen am Halse daumdick vom Zerren; er drückte hinten gegen den Karren, schob, stieß und drängte mit Armen, Brust und Knien. Oft blieben sie stecken in tiefen Schneelöchern, dann näßte ihnen das kalte Weiß die Beine, aber sie machten sich nichts daraus: heut abend noch hellodderndes Holzfeuer im Herd statt des schwelenden Todes! Und einen Topf Zichorienkaffee würde die Hann auch bereithalten – das hatte die Mutter ihr beim Fortgehen noch eingeprügelt.

Mit der hereingebrochenen Nacht hatte der Wind sein Blasen eingestellt. Auch das Schneien hatte jetzt aufgehört, nur ganz vereinzelte Flocken stiebten noch nieder. In einer großen Klarheit spannte sich plötzlich der Himmel, hoch und kalt, in seiner unermeßlichen Weite mit Sternen besät. Die blinkten und zuckten; es war etwas Grausames in dem blanken, bleichen Licht, das sie niedersandten aufs gestorbene Bergland.

»Eweil sein wir bal dao,« tröstete Ingenatz und spuckte in die eisigen Hände. Horch, schon Hundegebell! Das waren die Köter von Schmidtheim, die die blanken Sterne ankläfften. Aber vom Dorf selbst war noch nichts zu sehen, das duckte sich in seine Mulde und sandte kein Lämpchenglimmen freundlich hinaus zum irrenden Wandrer.

Die ungeheure Einsamkeit beklemmte selbst die beiden Alten. Die Frau seufzte und schlug ein Kreuz; plötzlich tat sie einen Schrei, stolperte und fiel hin.

»Kotzdonner noch ehs, paß doch op!« schimpfte Ingenatz. Er brachte sie kaum auf die Beine, so war sie erschrocken.

»Hei liet jemand,« flüsterte sie und drängte zurück, ihren Mann beim Kittel packend.

»Geckig Fraumensch,« brummte er. Aber dann starrte auch er – halb neugierig halb ängstlich – auf die längliche Erhöhung unterm Schnee.

»Kuckste hei,« wisperte das Weib, »dän Arm?! Loa dat Bein?! 'n Mensch! Häm es dudt! Loaße mir giehn, ech sein esu angst!«

Aber Ingenatz fing an mit Händen und Füßen zu scharren: 's war vielleicht ein Betrunkener! Und mit dem fühlte er Mitleid.

Der Frau sträubten sich die Haare – nun kam der ganze Mensch zum Vorschein. Er lag, den Kopf zur Seite gesenkt, die Beine ein wenig zum Leib hinaufgezogen, die Hände auf der Brust gefaltet. Er rührte sich nicht. Da wagten sie es, ihm den Kopf zu wenden, und das kalte Sternenlicht schien auf ein bleiches, junges Gesicht mit einem schwarzen Schnurrbärtchen unter der leicht gebogenen Nase und einer schwarzen Fliege am Kinn.

»Kotzdonner, 'ne Franzos'!«

Verdutzt sahen sich die beiden an: wie kam der hierher?! Was wußten sie von Metz, was von den Märschen französischer Gefangener durch die Eifel! Hier oben war noch niemand vorbeigekommen.

Sie untersuchten den Soldaten. In der Tasche hatte er nichts, keinen Pfennig; einen Tornister hatte er auch nicht mehr, nicht mal einen Mantel. Viel zu holen war bei dem nicht! Er fing an, ihnen leid zu tun.

»Dat arm Luder,« brummte Ingenatz. Und die Frau meinte: man könne ihn doch nicht hier liegenlassen, im Warmen würde er vielleicht noch mal lebendig!

So luden sie ihn auf. Quer weg übers Holz legten sie ihn, und dann machten sie sich mit Seufzen, Schimpfen und Fluchen wieder auf den mühseligen Weg. Das Weib betete auch, hoffte sie doch, daß das Ziehen dann leichter gehen würde. Und es ging auch leichter; von Minute zu Minute steigerte sich die Kälte, der weiche Schnee wurde hart zu Eis, und die Last glitt darüber hin.

*

Jean-Claude mußte eine gute Natur haben, sonst hätte er's nicht überstanden. Mitten in der Nacht kehrte ihm das Bewußtsein zurück. Wo war er?! Schwach die Lider hebend, blinzelte er und fand sich bei einem Herd liegen, von dem verglimmendes Feuer einen rötlichen Schein gab. Er sah rauchige Wände, fühlte unter sich eine raschelnde Streu von dürrem Laub und Moos und hörte ein zwiefaches, gewaltiges Schnarchen. Wie eine Vision tauchte vor seinem matten Geist eine endlose furchtbare Schneeöde auf, und das Grausen packte ihn wieder – sterben, ja sterben! – war er nicht schon tot?! Nein, er lebte, dies war eine Hütte, und er lag warm! Da stieß er einen schmerzlichen und zugleich doch wohligen Seufzer aus.

Ein Seufzer antwortete – oder war's ein Gähnen?! Etwas Dunkles schob sich in den spärlichen Schein der Herdflamme – jetzt beugte es sich über ihn.

›Maman‹ wollte er lallen. Nein, das war nicht seine Mutter, eine Junge war's! Sie lachte ihn dumm an mit breiten, weißen Zähnen.

Die Lider fielen ihm wieder zu, das rasselnde Geräusch zwiefachen Schnarchens lullte ihn in den Schlaf hinüber.

Immer, wenn das Feuer auf dem Herd zu erlöschen drohte, streckte sich ein Mädchenarm aus dem Dunkel und warf wieder Holz auf; es blieb warm in der Hütte die ganze Nacht. –

Die Hann, Schmitzen Ingenatz' Achtzehnjährige, bekam nicht viel Schlaf bei diesem Wachtdienst, aber das machte ihr nichts. Sie holte den Schlaf am Tag mit offenen Augen nach; schlief sie doch eigentlich immer, mochte sie nun den Bauern das Vieh hüten – am Rain tagelang stumm bei den Kühen sitzen – oder im Winter

Reisig sammeln und auf Botengängen Männerlasten schleppen. Nie war ein waches, helles Licht in ihren Augen, die wasserblau unter weißlichen Wimpern blödeten. Jetzt sah sie nicht ganz so teilnahmlos drein. Hann war neugierig. Auf dem nackten Estrich hockend – ihre Streu hatte sie für den Fremden hergegeben – gaffte sie mit offenem Mund zu ihm hin, unverwandt, Stunde um Stunde. Ein Fremder, ein Franzos', ein Mann, ein Soldat in ihrer Hütte! Sie brachte den Mund gar nicht mehr zu.

Als Jean-Claude am nächsten Morgen erwachte, sah er in ein sommersprossiges, breitmäuliges Mädchengesicht, dem unordentliche Strähnen von fuchsigem Haar in die Stirn fielen. Sie gefiel ihm gar nicht. Aber sie war gut zu ihm, heißen Kaffee löffelte sie ihm ein; er war noch schwach wie ein Kind und vermochte sich nicht zu rühren. Den ganzen Tag verschlief er, und schlug er dann und wann für kurze Minuten die Lider auf, so traf er immer den gleichen, stummen, starren, verwunderten Blick wasserblauer Augen. Sonst sah er nichts, sah niemanden. In der Nacht nur hörte er wieder zwiefaches Schnarchen – wer war da noch außer ihr und ihm?! Er richtete sich auf. Da kam sie gleich zu ihm herangeschlichen, hockte sich neben ihn nieder und lachte ihn dumm an.

So war es immer, er schlief und duselte und schluckte halb bewußtlos, was sie ihm einlöffelte. Aber am dritten Tag ward's anders, da fühlte er sich wieder kräftig genug. Völlig klar richtete er sich auf: sie war nicht da, er allein! Nun merkte er's erst, man hatte ihn ausgezogen; in Lumpen war er eingewickelt, mit einem alten Weiberrock zugedeckt. Da hing seine Uniform an einem Nagel. Beschämt zog er sie an: wie sah er aus, er, ein ›Braver‹ der großen Armee?! Der Schnurrbart ganz verwildert, lauter Stoppeln im Gesicht! Seine Eitelkeit rührte sich wieder. Es war doch schön, noch zu leben, wenn man so jung ist.

Er hätte sich gern bespiegelt, aber es war nichts dazu da; nur Tisch, Bank, Bett, Herd und ein paar Kasten im Raum.

Langsam, fast scheu, ging er zur Tür – war er gefangen?!

Die Tür wich seinem Druck, aber schaudernd fuhr er zurück: da war noch dieselbe schneeverhängte, kolossale, trostlose Unermeßlichkeit, durch die er sich sterbend geschleppt hatte. Ein eisiger Wind pustete ihn an und benahm ihm den Atem; alle Wärme war auf einmal fort, die Zähne klapperten ihm. O, wär' er zu Haus, in Frankreich, in Frankreich, bei Mutter und Braut! Er verbarg sein Gesicht. Den Kopf an den Pfosten der Türe gelehnt, stand er und schluchzte.

Da fühlte er sich am Ärmel gezupft. Er sah auf: sie stand vor ihm, die nackten Füße in Holzklumpen, den Rock kurz, nur bis zur halben Wade, die Arme in Hemdärmeln fast nackt, und die Brust auch nicht wohl verwahrt.

»Hann,« sagte sie und zeigte auf sich. »Hann!«

Und dann sagte sie noch mehr. Das war nicht einmal deutsch, das klang ja noch abscheulicher!

»Hann!« Sie lachte dumm, stieß dann auch ihn mit dem Finger vor die Brust, legte den Kopf auf die Seite und gaffte ihn fragend an.

Aha – jetzt verstand er – sie wollte wissen, wie er hieß!

Und er sagte: »Jean-Claude,« mit einer leichten Verbeugung und strich sich den Schnurrbart.

In ihre blöden Augen schoß ein plötzlicher Strahl, die Flügel ihrer Stupsnase blähten sich; die rauhe Stimme zu sanften Tönen dämpfend, wiederholte sie: »Schang-Kelod,« strich über seine rote Hose, seinen blauen Rock und lachte kindisch entzückt.

Sie blieben nebeneinander auf der Schwelle stehen; er, in kläglichem Frostgefühl, die Hände in den Taschen seiner weiten Hose vergrabend, sie die nackten Arme in den Lumpen von Schürze gewickelt. Stumm schauten sie so hinaus in die Schneeeinsamkeit, die kein Weg durchquerte, keine Gestalt belebte. Weit in der Runde war nichts zu erspähen. Kein Dorf, kein Haus, kein Schornstein, kein Rauch, nicht einmal Wald mit schützenden Ästen; nur kahle Öde in schwachen Wellenlinien, die sich im weißgrauen, trostlosen Horizont verliefen. Nichts war zu hören: kein Ruf, kein Peitschenknall, kein Kuhbrüllen, einzig das mißtönende Gekreisch von ein paar Krähen, die sich dort, unterm schneebelasteten Kieferngestrüpp, um eine tote Maus zankten.

Schauer auf Schauer lief dem Franzosen über den Rücken. Unwillkürlich hielt er sich dichter zu ihr. Der Verlassene glaubte, in ihrer Nähe wenigstens die Kälte nicht so sehr zu verspüren.

Da rief jemand: »Hann!« und rasch lief sie ins Haus.

Gleich darauf bog um die Erdwelle, die die verfallene Hütte im Rücken stützte, Schmitzen Ingenatz. Hinter dem Buckel mit dem eingestürzten Stollen der alten Eisensteingrube lag unten in der Mulde das Dorf, und da kam Ingenatz her. Nicht, daß er der Obrigkeit den Gefallen hatte tun wollen, ihr den Franzosen zu verraten – was ging ihn der Krieg an, der arme Teufel da war sein Feind nicht – aber was sollte der stumme Fresser in seiner Hütte?! Brot, Platz, Feuer, alles war rar. Und der war nun ausgeruht, der mußte marschieren. Morgen früh würde der Gendarm den Franzosen fortschaffen.

Ob die Tochter etwas ahnte?! Den ganzen Tag strich sie um den Fremden herum. Wohin der auch die Augen wandte, immer begegnete er dem starrenden Blick ihrer blöden Augen. Der Soldat vergaß, daß sie so garstig war – sie war doch ein Mädel – und als das alte Weib am Abend mit ihr zankte und ihr gar mit harter Hand ins sommersprossige Gesicht schlug, lächelte er ihr zu.

Und Hann griente wieder und zeigte die breiten Zähne; und als sie die Ziege gemolken hatte, nebenan im erdgedeckten Verschlag, und ihm heimlich einen großen Topf Milch brachte, berührten ihre Finger scheu die seinen, um dann plötzlich zuzutappen und seine Hand mit raschem, heftigem Druck zu packen. –

In dieser Nacht schlief Jean-Claude nicht wie in den vorhergehenden Nächten,in denen die Erschöpfung stärker gewesen war als Ungewißheit und Unbehagen. Er lag noch wach, als längst das zwiefache Schnarchen dröhnte und sah mit unruhigen, aufgeregten Augen ins undurchdringliche Dunkel hinein. Das Feuer im Herd war erloschen; ihn fror, daß er zitterte. Er seufzte und warf sich.

Da raschelte die Streu neben ihm – das war das Mädchen! Er wußte es gleich. Ihre Haare kitzelten seine Wange, sie schmiegte den blutvollen Körper an seinen kalten, daß es ihn anfing wohlig zu durchwärmen.

Er ließ sich's gefallen.

Da fing sie an, ihn zu küssen. – – – – –

Als der gefangene Franzose am nächsten Morgen – es war noch früh, kaum graute der Tag – gesenkten Kopfes hinter dem Gendarmen aus der Hütte trottete, in alten Schmierstiefeln, die Ingenatz ihm zum Abschied geschenkt, in eine Flickendecke gewickelt, die das grobe Weib noch gespendet hatte, stand Hann am Ziegenverschlag. Sie glotzte ihm nach, solange sie ihn sehen konnte, bis er verschwunden war im leblosen Schnee, als wäre er nie gewesen.

Die nackten Arme in die Schürze gewickelt, die bloßen Füße in Holzklumpen, die sommersprossigen Backen blau gefroren, mit den weißbewimperten Augen zwinkernd, stand sie da und lachte dumm. Dann aber lief sie in die Hütte – nichts war da, als beim Herd die zerdrückte Spreu von Moos und Laub, nichts mehr von ihm! Und sie ließ die Lippe hängen, kauerte sich in einen Winkel, warf die Schürze über den Kopf und heulte. –

Aber viele Monate später, als der Sommer zur Rüste ging, griente Schmitzen Hann wieder übers ganze Gesicht, so wie sie gegrient hatte, als die Eltern den hübschen Franzosen für tot in die Hütte getragen hatten. Sie kam eines Abends von der Weide heim zwischen den Kühen mit ihrem Jungvieh, umstrahlt vom letzten Sonnenrot, und trug in ihrem Lumpen von Schürze was ganz lebendiges.

Die Prügel des Vaters und das Schimpfen der Mutter taten ihrer Freude keinen Eintrag. Am Ende gewöhnten sich auch die Alten daran und ließen Prügeln und Schimpfen sein.

Sie riefen den kleinen Jungen: ›Schang-Kelödchen‹. ›Schang-Kelod‹ hatte der Franzose geheißen, das wußte Hann.

Und wenn sie auf ihren Botengängen, mit schweren Männerlasten bepackt heimgekehrten Siegern begegnete, die stolz mit Kreuz und Medaille prahlten, dann lachte sie und zeigte die breiten Zähne. Auch sie hatte ein Andenken an den großen französischen Krieg – das Schang-Kelödchen.

* * * * *

Der Wolf

Wo das Venndorf zu Ende geht, fängt das Venngras an zu wehen. Es weht immer; Lüfte fahren über die moorige Heide, frisch und scharf wie Seebrisen. Und mit klagendem, möwengleichem Schrei segelt ein Raubvogel.

Hinter Hainbuchen, die seltsam ihre Äste ineinander schlingen und knoten zu undurchdringlichen, bis zum Giebel reichenden, beschorenen Hecken, ducken sich die Dorfhäuser.

Aber ganz oben, zuhöchst auf dem Venn, preisgegeben allem Schnee des Winters, allen Stürmen von Frühling und Herbst, allem Brand des Sommers, liegt ein Haus ohne allen Schutz. Ohne den Schmuck der Hecke, – nackt aus dunklen Balken gerichtet – ein Blockhaus. Nur sein rotes Dach gibt lebendige Farbe; wenn die Sonne darauf scheint, schreit das in die Weite.

Aber es schreit wie ein Blutfleck, und die es von weitem sehen, haben keine Freude daran. Die Fenster sind vergittert; und die Gesichter, die sich hinter den Eisenstäben zeigen – kommt wirklich einmal eine Menschenseele vorüber – sind auch nicht vertrauenerweckend. Frech schielen sie; oder sie starren düster in die tiefblaue Ferne, die, ewig weit, sich vennabwärts auftut. –

Hier hauste Simon Breuer, der Aufseher der Strafkolonie, mit vierzig Strafgefangenen. Immer trug er den geladenen Karabiner über der Schulter; aber er verließ sich nicht auf den. Mochten die Kerle innen im winterdunklen Haus Körbe flechten, Tag für Tag, endlose Wochen, oder bei besserer Jahreszeit draußen schuften: immer war sein Auge über ihnen. Sein wachsames, scharfäugendes Falkenauge von hellem Grün-grau mit dem seltsam dunklen Ring um die Iris, das taugte am besten. Simon Breuer wußte es wohl: nur Courage, sonst hätten die Vierzig ihn schon längst totgeschlagen!

Er war ganz allein mit ihnen. Nur alle vierzehn Tage, sonntags, oder auch zuweilen an einem Abend in der Woche, kam ein Ersatzmann herauf, der Hilfsaufseher, der im Venndorf wohnte. Dann schloß Simon Breuer seine Horde in den Schlafsaal ein, legte die eiserne Querstange vor die Tür und stellte den Ersatzmann mit geladener Flinte draußen auf Posten. Er selbst lief hinab zum Dorf; und die Vierzig sahen ihm nach, wie er eilte, und stießen sich die Köpfe an den Eisenstäben und stierten und stierten: der rannte zu seiner Frau!

Die Frau hatte sich Simon Breuer nachkommen lassen und unten bei der Möhn einlogiert, bald nachdem er oben mit seinen Vierzig angerückt war. Das Haus hatten sie bauen müssen auf sein Kommando, während schon die Herbststürme sausten; er hatte sie getrieben von früh bis spät, bald war er hier, bald dort und müde schien er trotzdem nie zu sein, denn manchen Abend lief er noch hinunter durch Schlamm und Schnee. –

Jetzt war's Frühling, und sie begannen das Venn urbar zu machen. Stählern hallte die Stimme des Aufsehers, weithin getragen vom Wind; ohne einen Zug des energischen braunen Gesichts zu regen, kommandierte er, genau wie zu seiner Unteroffizierszeit zwischen den Kasematten von Köln am Rhein. Eiserne Zucht. Was wußten denn die Gefängnisverwaltung zu Aachen, die Herren am grünen Tisch, wie man's macht, der Bestie so zu imponieren, daß sie nicht wagt, nach dem Fuß zu schnappen, der ihren Nacken tritt?!

Die Sträflinge waren weit übers Venn verteilt; hier ein Trüppchen, dort ein Trüppchen. Sie jäteten und hackten und schaufelten und gruben, zogen Gräben und rodeten Ginstergestrüpp aus. Ein schwelender, stinkender Rauch kroch langsam über den Boden hin – das war ersticktes Feuer, was da um sich fraß und Heidekraut und Wurzelwerk verzehrte.

Scheinbar frei, allen offen, lag das ganze weite, gewaltige Venn mit dem unbegrenzten Horizont, den unruhige Wolken bewegten. Aber niemand dachte an Flucht.

Vergangenen Herbst, gleich ein paar Tage nach der Ankunft, hatte es einer riskiert; Nr. 6 war ausgebrochen, mitten aus der Kolonne heraus, am helllichten Nachmittag, und war ins Venn hinein gerannt mit der Flüchtigkeit eines Hirsches. Der Aufseher hatte den Karabiner von der Schulter gerissen, angelegt, und ihn dann doch wieder sinken lassen – wozu schießen?! Nr. 6 würde nie die Baraque Michel erreichen, in deren Turm ein zitterndes Licht selbst bei Nacht und Nebel die belgische Grenze weist. Nur drei, vier Stunden waren's bis dahin. Aber man mußte den Weg kennen, den selten betretenen Pfad, sonst tun die Sümpfe des Venn ihr Maul auf und verschlucken den Unkundigen.

Simon Breuer kannte das Venn, war er doch von hier zu Haus, im Venndorf geboren, einst barfüßig, beerensuchend durch Moor und Heide gelaufen. Er wußte, wo man sicher tritt, und wie man springt von Moospolster zu Moospolster und die Lachen meidet, die selbst im Sommer der kalte Odem der Venn-Nacht mit leichten Eiskristallen überkrustet. Ihn schreckte auch kein Dunkel; ein schwarzes Föhrengestrüpp, ein Wachholderstäudchen, ein Ginsterbusch waren ihm Wegweiser genug.

Noch krähten die Hähne nicht unten im Dorf dem grauenden Morgen entgegen, da hatte er Nr. 6 schon wieder eingebracht; immer in der Runde war der Flüchtling gelaufen, verwirrt vom immer gleichen Einerlei, von der starrenden Öde der grenzenlosen Einsamkeit. Alle Schrecken der Venn-Nacht hatten ihn überfallen; schwach um Hilfe rufend, steckte er in einem Wasserloch, und die gurgelnde schwarze Tunke hatte ihm schon den Mund stopfen wollen.

Jetzt war niemand mehr da, der auf Weglaufen rechnete. Sie hatten die Hoffnung aufgegeben.

Sie fürchteten das Venn.

Abergläubisch horchten sie den klagenden Tönen des Venn, dem Unken und Uhuhn, dem Raunen und Rauschen, dem Grauen und Brauen: das sind die Geister des Venn, die eine Schuld ruhelos umtreibt. Aus den Mooren steigen sie, in weiße Sünderhemden gewandet, und wen sie packen mit gespenstigen Händen, dem drehen sie 's Genick um.

Aber den Simon Breuer fürchteten sie noch mehr als das Venn.

Zwischen den arbeitenden Gruppen ging er unaufhörlich hin und her, umkreiste sie wie ein Schäferhund die Herde. Sie sollten sich eilen. Heute noch mußte der Graben fertig sein, da gab's kein Mattwerden. Immer voran – Spatenstich auf Spatenstich – und dann die nasse Moorerde auf Karren gepackt und fort damit!

Und morgen wurden die Röhren zur Entwässerung gelegt – dort lagerte ihrer schon ein Haufe – und bald würde sich hier ein Saatfeld breiten und die zartgrünen Halme im Vennwind wiegen!

Nur voran, voran! Simon Breuer konnte es gar nicht abwarten; der Bauernsohn war lebendig geworden im Unteroffizier. Und würde das Stroh auch niedrig stehen, der Körnerertrag gering werden, wer hatte es je bislang erlebt: ein Kornfeld auf dem hohen Venn?!

Schon stand der Sonnenball tief unten über der Richelsley und ließ das Riesenkreuz schimmern, das sich dort auf haushohem Felsblock aus tiefdunkeln Föhren erhebt. Und noch immer arbeiteten sie; sie waren hundemüde, ihre Hände geschwollen vom Spatenstiel, aber sie wagten kein Verschnaufen, denn Simon Breuer stand dabei.

Jetzt sank der rote Ball in die Föhren, und wie mit Zauberschnelle war jede Spur von Wärme verschwunden. Schaurig wehte es übers Venn, feuchtkalt rieselte es über die von der Arbeit erhitzten Körper.

Die geringe Sträflingskleidung: das grobleinene graue Hemd – das über der blautätowierten Brust offen steht und auch die tätowierten Arme freiläßt – die dünne Hose, die nackten Füße waren naß vom schnell fallenden Tau. Fröstelnd wollte es die Vierzig schauern, aber sie unterdrückten es, denn Simon Breuer stand dabei.

Nr. 30, ein hagerer, großer Mensch mit tief in die Stirn gewachsenen Haaren und eingesunkenen Augen fror noch mehr als die anderen; er war die freie Luft nicht gewöhnt und nicht der Hände Arbeit. Er ließ den Spaten fallen und sah verstört um sich; aber ein Blick des Falkenauges traf ihn und, sich duckend, nahm er den Spaten wieder auf und stieß ihn von neuem ins zähe Erdreich.

Endlich trotteten sie heim, immer paarweise, zwei und zwei, die Spaten geschultert. Der Aufseher trieb sie vor sich her zur Suppe.

Heut war es an Nr. 30 die Erbsensuppe in die Blechnäpfe auszuteilen, er selbst kam zuletzt an die Reihe. Ausgehungert, das starke Gebiß vor Gier fletschend, stürzte er sich kaum über seine Portion, da hieß es auch schon: ›Näpfe zusammenstellen! Weggetreten! Zu Bett!‹

Ein tückisches Funkeln glomm auf in des Hungrigen tiefliegenden Augen, aber er wagte keinen Laut, ließ gehorsam den Löffel fahren und trottete gesenkten Kopfes den anderen nach in den Schlafsaal.

Dort brannte kein Licht; im schwachen Schimmer, den Mond und Sterne durch die Ritzen des Gebälkes sandten, suchten sie ihre Betten, die, wie in Kasernen und Schiffskojen, immer zwei und zwei übereinander standen.

Da lagen sie nun, endlich allein, aber sie wagten doch nicht zu sprechen. Nur ein Flüstern ward hier und da gewagt.

Simon Breuer war auch hier über ihnen. Die Tür seiner Schlafkammer, gegenüber am Flur, hatte er offenstehen lassen, sie hörten seinen starken, gleichmäßigen Atem, und das Flüstern verstummte scheu. –

* * *

Das Frühjahr schritt voran. Wenn die Vierzig jetzt auf dem Venn arbeiteten, hörten sie ab und zu eine Lerche trillern, sahen sie emporwirbeln wie ein Bällchen und sich verlieren in freien Lüften.

Frei sein, frei – sie dachten gar nicht mehr daran. Sie begehrten nicht mehr auf in innerlicher Wut, in stumm-trotziger Widerspenstigkeit wie in der ersten Zeit; sie waren stumpf geworden im öden Einerlei der Tage.

Kein Blick mehr schweifte vennabwärts in die blaue Ferne, wo die Städte lagen, in deren Straßen sie sich umhergetrieben, in deren Schlupfwinkeln sie oft der Polizei ein Schnäppchen geschlagen hatten.

Sie sahen nicht, daß das Venn jetzt blühte. Und das war jetzt schön. Aus dem braunen Moorboden, der, von weitem gesehen, als öder Strich den Horizont säumt, war das Heidekraut aufgeblüht, jene wundersame Vennheide, deren Glocken groß und blaß-rosa sind und den schwärmenden Bienen den duftigsten Honig bieten. Kleine blaue Falter gaukelten darüber hin und genossen im Liebesspiel ihren, ach, so kurzen Sommertraum.

Die Rauschbeere zeigte schon die blaue, Schlehen ähnelnde duftbehauchte Frucht, und die Preiselbeere, das köstlichste Obst des Venn, streckte überall ihre myrtengrünen, glänzenden Büschelchen. Leichte weiße Flöckchen auf schwankenden Stengeln übernickten die Sumpflachen; und am Himmel, der großen tiefblauen Glocke, stand die Sonne, heiß-glühend am Mittag, aber am Abend rot-verträumt, und verklärte das weite Meer des Venn.

Allnächtlich erhuben die Frösche einen leidenschaftlichen Chor, und hinterm Hahnheisterbusch schlief der Mond und warf ein verträumtes Leuchten auf das einsame Haus.

Die Vierzig schliefen nicht. Sie waren todmüde vom schweren Tagewerk, von dem prallenden Sonnenfeuer des Mittags, von dem Odem des Venn – trotz Sommerzeit ist der hart und bleibt hart – aber sie fanden doch keine Ruhe. Rastlos warfen sie sich, halb entblößt, des feinen Zugwinds nicht achtend, der von Wand zu Wand strich und doch den stickigen Dunst nicht klären konnte, der im Schlafsaal braute. Die Nacht war schwül.

Gestern war des Aufsehers junge Frau zum ersten Mal hier oben gewesen, ihren Mann zu besuchen. Die Arme hatte sie um seinen Hals ge schlungen, und er hatte sie geküßt; vor dem Haus war es geschehen. Die Vierzig hatten es mitangesehen. Im Schlafsaal waren sie gerade gewesen; an den Gitterfenstern hatten sie sich gedrängt und gepufft und auf die Zehen gereckt: ein Weibsbild! Die Köpfe hatten sie gegen die Eisenstäbe gestoßen: ein Weibsbild! Zum ersten Mal wieder eins! Ein Weibsbild!

Die Augen waren ihnen fast aus den Höhlen gedrungen.

– – – – – Und heute, jetzt war er schon wieder herunter zu ihr – – –!

Eingeschlossen hatte er sie. Sie hatten ihn mit dem Hilfsaufseher kurz ein paar Worte wechseln hören, und dann seinem Tritt gelauscht, dem raschen, trabenden. Der hatte Eile! Der lief nun durch den Mondschein, immer Trab, bis näher und näher das Licht im Haus hinter der Hecke winkte!

Unruhig sielten sich die Vierzig umher. Heiß war es ihnen, zum Ersticken – sie verfolgten den Mann weiter auf seinem Weg.

Nr. 30 lag in seinem Bett, platt auf dem Rücken, und stierte ins Mondlicht, das durch eine Luke im Dach mit schwertbreitem, blankem Strahl hereindrang. Seine Augen schwammen; träg, wie gelöst, hingen ihm die Glieder. Er träumte.

Plötzlich überlief seinen Körper ein Schauern, seine abstehenden Ohren zuckten, die niedrige Stirn zog sich in Falten, seine Nüstern bebten, die Augen preßte er zusammen, sein Mund verzerrte sich – das war kein Lächeln, das war eine Fratze. Die Brust keuchte; er bäumte sich, riß das harte Polster an sich und preßte es mit wilder Kraft. Und dann krallte er die Finger ins kurzgeschorene Haar und rupfte sich die Borsten aus. Der Schweiß rann ihm, er war wie gebadet. Die nackten Arme streckte er vor sich und biß hinein, schlug die starken Zähne ins eigene Fleisch, daß Blut kam. Das Weiß in seinen Augen unterlief rot. Wie ein Krampf hatte es ihn gepackt, rüttelte ihn, zerschüttelte ihn, erpreßte ihm Tränen; zäh sickerten sie aus den Augenwinkeln. Er ballte die Fäuste und steckte sie ins Maul, um nicht laut aufzuheulen vor Ausgehungertheit, vor ungestillter Gier. Er röchelte wie jemand, dem es ans Leben geht, und stieß dann, ermattet heis're Seufzer aus, denen ein Chor von Seufzern antwortete.

Wie ein Winseln stieg's auf unter dem weltfernen Dach, das sich im keuschen Mondlicht badete. –

* * *

Simon Breuers junge Frau kam nun öfters herauf, nun, da die gute Jahreszeit herangelebt war. Es wanderte sich jetzt gemächlich übers Venn. Das Blumenpflücken verkürzte den Weg – und dann die Freude, ihn bald zu sehen! Sie waren knapp ein Jahr verheiratet und noch in der ersten Verliebtheit.

Die Möhn unten schüttelte oft den Kopf, wenn sie sich so zärtlich umhalsten. Die hatte nicht mehr Sinn für so was, die war alt und dürr, und ihr Mann war längst tot. Wenn sie das junge Weib zuweilen ein Endchen Weg hinauf begleitete, und die lebenslustige Kölnerin allerhand verliebte ›Stückskes‹ trällerte, ging sie zehn Schritt hinterher, schlug ein Kreuz und betete ihren Rosenkranz.

Noch nie war sie bis oben zum Haus mitgegangen; sie hatte, wie alle im Dorf, eine gewisse Scheu vor der Strafkolonie und vor den Kerlen in der Sträflingskleidung. Die Nichte lachte sie darum aus: die taten einem doch nix, die waren ja froh, wenn man ihnen nix tat!

Einzig die Preiselbeeren verlockten jetzt die Möhn dann und wann weiter mitzugehen; sie reiften und glänzten herrlich wie Korallen. Das alte Weiblein hatte ein Auge auf sie geworfen, gaben sie doch, mit ein wenig Zucker eingekocht, eine leckere Zukost an Fasttagen.

Der Jungen wurde in letzter Zeit das Bücken mühselig, so machte sich denn die Alte heute allein auf, von den Beeren zu sammeln, denen der leichte Reif der vergangenen Nacht und der Sonnenbrand des Mittags besondere Süße verliehen haben würde. Außer dem Rosenkranz nahm sie noch einen Korb mit.

Hinter dem letzten Gehöft fingen schon die Korallen an im Venngras zu blinkern, jedoch erst vereinzelt. Aber nun, weiter hinaus, da standen sie in Masse. Hastig steckte die Möhn den Rosenkranz in die Tasche – hier war noch niemand vor ihr gegangen, ei, hier gab's eine Ernte! Emsig sammelte sie. Hier war ein Platz wie ein rotes Tuch – und dort ein noch röterer!

Als sie endlich einmal aufblickte, lag der Hahnheisterbusch längst zwischen ihr und dem Dorf, und ganz nah schimmerte das Dach der Strafkolonie. Die losen Hemden der Sträflinge, blähten sich im Wind; wie hellere Flecke waren sie übers Venn verstreut. Da und dort ließ einer für Augenblicke den Spaten fahren, zog die heruntergeruschte Hose mit beiden Händen herauf und stierte nach der Beerensucherin.

Aber dem Weiblein war's heute gar nicht bange – die Nichte hatte schon recht, die waren froh, wenn man ihnen nix tat! Und was sollten sie ihr wohl auch antun, ihr, einer gebrechlichen Alten?! Schätze hatte sie nicht. Zudem war der Himmel noch freundlich, und sie hörte die kommandierende Stimme ihres Schwestersohns schallen.

So fuhr sie ruhig fort, weiter zu sammeln, bückte und bückte den alten Rücken, bückte ihn so tief, daß die goldene Abendsonne ihren roten Friesunterrock beglänzte und die blaubestrumpften dürren Wädchen.

Ganz still war's ringsum. Nichts als das Summen der Bienen zu vernehmen. Da – plötzlich ein Schnaufen wie das eines wilden Tiers ihr im Rücken. Ein Fauchen. Ein glühender Atem haschte sie ins Genick – es sprang ihr was an – es packte sie – es riß sie nieder – – – – –

– –

Simon Breuer ließ einen neuen Brunnen ausschachten oben auf dem Scheitel des Venn – das Wasser im alten roch faulig, sie waren alle davon krank geworden – das war knifflige Arbeit.

Er stand vornübergebeugt und guckte, ganz bei der Sache, zu den Arbeitenden hinunter in den Schacht.

Die übrigen karrten, hackten, rodeten nicht weit davon.

Die sinkende Sonne verklärte das Venn; es war eine friedliche Stunde.

Doch jetzt ein Schrei! So ward noch keiner hier gehört. Ein schriller, zeternder Weiberschrei! Und jetzt wieder einer – schon halb erstickt hervorgestoßen aus gewürgter Kehle!

»Zackerment!« Blitzschnell fuhr der Aufseher herum und riß den Karabiner von der Schulter.

– – – Da – in der Senkung, keine hundert Schritt weit – etwas Rotes! Ein Weiberrock!

Und zappelnde, blaubestrumpfte Beine!

Ein Kerl drüber her, im Sträflingshemd, mit kurzgeschorenen Kopf!

»Halunke, zurück! Hierher!«

Der im Sträflingshemd mußte den Aufseher hören, aber er drehte nicht einmal den Kopf. Kein Appell. Kein Hören, kein Sehen. Blind, taub, toll.

»Bestie, verdammte!« Der Aufseher hob den Karabiner und schoß.

Dann stürmte er zur Stelle.

Aus dem zertretenen Heidekraut erhob sich zitternd und zeternd die Frauensperson. Vor Entsetzen schlugen ihr die paar wenigen Zähne im Munde, das welke Kinn wackelte ihr.

Simon Breuer fuhr zurück: »Donner und Doria – die Möhn – ?!«

Da lag ihr Korb, und die roten Beeren hatten sich daraus ergossen wie ein Strom von Blut.

Die Alte war ganz von Sinnen. Jammernd kniete sie nieder und las ihre Beeren auf, immerfort blöd lallend: »Ene Wolf! Jessesmaria, ech han gedaach: ene Wolf, ene Wolf!«

Fast scheu betrachtete Simon Breuer den Toten. Dann kraulte er sich nachdenklich hinter den Ohren; er verstand die ganze Sache nicht recht.

– – – – – Um das alte Weib?! Und sozusagen ihm vor der Nase! War's möglich?! Und dazu noch Nr. 30, das feigste Luder von allen!

*   *   *   *   *

Die letzte Nummer

Ernst ist das Venn, und die es genau kennen, nennen es trostlos. Aber wenn der Wind es übeheult, Regen oder Schnee die lauernden Tiefen der Sümpfe noch tiefer gemacht haben, dann ist es eine Lust für den Jäger. Dann wandert kein anderer da oben; scheu verkriecht sich der einsamkeitgewohnte Dörfler in sein hinter hoher Hainbuchenhecke verstecktes Haus, kein Torfkarren schwankt ächzend in tief ausgefahrenen, moorigen Geleisen, keine Beerensammler stören mit Zuruf und Menschenlaut die feierliche Stille. Nur der Sturm orgelt. Nur die zierlichen Rehe und die stolzen Vierzehnender äsen friedlich unter den vereinzelten Buchen, die hier nicht schlank in die Höhe ragen wie anderswo, sondern niedrig und rund, in die Breite gegangen, ein schützendes Dach bilden wie ein sicheres Zelt, unter dem's immer noch etwas Grünes zu finden gibt, auch zur rauhesten Zeit. Und in den dicken, dunklen Tannenschonungen grunzen die Wildschweine dreist, und langsam flattern, als ruderten sie in der Luft, die schottischen Grouse von Lache zu Lache.

Ein herrliches Revier für den, der Wasserstiefel hat bis zum Bauch, ein dickes Lodenwams auf Brust und Rücken, eine sicher treffende Flinte im Arm trägt und die Furten kennt. Der kann dann hier oben schreiten wie der Mensch am ersten Schöpfungstag durch den Garten Eden – ganz frei, ganz Herr.

Aber wenn heiße Sonne die Tümpel ausleckt, daß die vertrocknete Moorerde berstet und das smaragdene Sumpfgrün fahl wird, dann haben die recht, die da sprechen: ›Es ist uns zu traurig hier.‹ Wenn der Himmel noch so heiter blaut und sein Licht noch so strahlend blitzen läßt und die Sonne noch so purpurn sinkt in glanzvoller Herrlichkeit, wenn der Preiselbeere Korallen noch so blank aus dunklem Moose lachen und die sammelnden Kinder noch so hell darüber jauchzen – das Venn lacht nicht mit. Es kennt kein Lachen.

Und die Männer, die dann auf ihm arbeiten, roden und brennen, schaufeln und karren, graben und jäten, Gräben ziehen und Zäune richten, ackern und eggen und schneiden, was sie gesäet haben, und ernten, was ihnen doch nicht gehört, die des

Landmannes friedliches Geschäft betreiben ohne Frieden in der Brust – Unfreie, Unfreiwillige – die lachen auch nicht.

Nur einer von ihnen, die da oben hausen in dem Holzbau mit dem roten Ziegeldach, den der Staat gesetzt hat für seine Gefangenen, daß sie das Venn urbar machen und mit schuldbeladenen Händen die Wüste der Hochfläche vorbereiten zum gesegneten Ackerfeld des schuldlosen Ansiedlers, nur einer von ihnen, die an Sonntagen, an denen der Aufseher nicht zur Arbeit treibt, hinter den Eisenstäben ihrer Fensterchen gierig hinaufstieren in die blaue Ferne der Freiheit, – nur dieser eine war zufrieden.

Es war Nr. 40 und hieß früher: Simeon Schalkenbach.

Er dachte sich so: schliefen sie vierzig Kerle denn nicht ganz gut in dem scheunenartigen Raum mit den nackten Dachsparren und den winzigen Lichtluken, waren sie drinnen nicht gut geschützt, sowohl gegen Regen wie gegen Wind und den Nebel, der nächtens das Venn weiß behaucht?! Er hatte weniger gute Nachtlager gekannt. Und schmeckte die Suppe – die immer wechselnde Erbsen-, Bohnen- oder Linsensuppe – mit dem Stück Brot dazu und dem Klecks Schmalz denn nicht sehr gut?! Er hatte härteres Brot gekannt und noch dazu ohne Schmalz.

Nr. 40 konnte es gar nicht begreifen, daß die anderen alle etwas zu tadeln fanden. Laut wagten sie das freilich nicht zu tun, denn da war gleich der Aufseher bei der Hand und gebot Ruhe, und wer dann noch wagte, das Maul aufzutun, der kam ins Kaschot, in den stockdunklen Verschlag mit der starken Bohlentür und den eisernen Riegeln davor; und das Essen mußte er missen, das war die härteste Strafe.

Daß viele Sehnsucht nach Hause hatten, Nr. 7 zum Beispiel – der rote Fuchs, der wegen Sittlichkeitsverbrechen zwei Jahre gekriegt – daß der so großes Verlangen trug nach Weib und Kind, das begriff Nr. 40 erst recht nicht. Wie sollte er auch? Ihm hatte schon lange keine nachgestellt, und Weib und Kind hatte er nie besessen.

Mit einem Grinsen beschmunzelte er sein Glück. Ja, es war ein Glück, daß ihn der Gendarm im richtigen Moment abgefaßt hatte, gerade als er beim Rentner Hückges, der so fett war wie lauter Speck, die Speisekammer geleert hatte! Und wie gut, daß er, da er sich trotz seiner Dürre nicht durchs Fensterchen hatte zwängen können, die Tür erbrochen hatte – Diebstahl mit Einbruch – sonst hätte es ja kein Jahr gegeben!

Ach, nur ein Jahr! Das war ja viel zu wenig! Wenn er doch dieser Katze, dieser Magd vom Rentner, die ihn barbeinig und im Hemde, wie sie aus dem Bett gesprungen war, entgegenfaucht und dann so durchdringend gemaunzt hatte: ›Zu Hilf'! Räuber! Mörder! Zu Hilf'!‹ – wenn er doch diesem barbeinigem Frauenzimmer eins mit der Weinflasche versetzt hätte, oder eins mit der Likörkruke, die er in der Linken trug oder auch nur einen wuchtigen mit dem Schinken, den er unterm rechten Arm hatte oder einen noch wuchtigeren mit dem Buttertopf, den er links untergeklemmt hielt!

Ach, dann wäre die nicht mehr aufgestanden, und dann hätte er viele, viele Jahre gekriegt! Denn – o weh – ein Jahr nur ein einziges Jahr, das ist gar so bald um!

Mit einer förmlichen Angst sah Nr. 40 die langen Tage sich kürzen und immer früher und früher den roten Sonnenball in den Wellen des Heidekrautes ertrinken. Wenn er nun herauskam, wo sollte er hin?! Arbeit fand er gewiß nicht – jetzt erst recht nicht – hatte er doch schon lange keine gefunden, selbst wenn er sie gesucht hatte. Seit er damals die vielen Wochen bei den barmherzigen Brüdern im Spital gelegen, hatte er eben gar kein Glück mehr mit Arbeit; nirgendwo kam er an, so oft er's auch versuchte. Selbst in der Fabrik beim Lumpensortieren hatten sie ihn gleich wieder entlassen. Warum nur? Hatte er seine Arbeit denn nicht gemacht ebenso recht und schlecht wie die fluddrigen Mädchens und die Rotznasen von Jungens, die sich immer anstießen und nach ihm hinguckten, als hätten sie noch nie ein Gesicht gesehen?!

Jetzt – hier – hatte er Arbeit, und er konnte sie tun, ganz ungestört und eine Menge fertigbringen. Er arbeitete gern; es lag ihm was dran.

Wenn die andern Sträflinge, die starken Kerle in den ungebleichten Leinenkitteln – die haarige Brust entblößt, die wie mit blauem Netzwerk besponnenen, über und über tätowierten Arme auch nackt – in der Hitze der Schattenlosigkeit heimlich fluchten und ächzten und, ließ sie der Aufseher mit der Flinte – wie der bissige Schäferhund seine Herde umkreiste er sie – nur einen Moment aus den Augen, gleich die Arbeit einstellten, blieb er emsig dabei.

Sein dürrer Arm schwang die Sense mit Macht; in Schwaden fielen das zähe Gras, der härtliche Halm, um ihn lagen die Haufen. Und er schritt drüber hin mit langem Schritt, mähte weiter und weiter mit Eifer, mit Gier. Seine magere Gestalt reckte sich hoch, wurde noch länger, bog sich nach rechts, bog sich nach links, schwankte vorwärts und schwankte rückwärts, folgte allen Schwingungen der blitzenden Hippe, mähte in unermüdlichem Gleichmaß, als gelte es, alles zu mähen, was an Gras, an Halmen zu finden war auf dem Venn.

Dann grauste es die anderen. Und sie sahen scheu nach dem langen Gestell, das sich unter den Binsenhut noch zum Schutz gegen Sonne und Mücken einen linnenen Lappen gelegt hatte, der ihm lang in den Nacken flappte, sich bei jedem Schwung der Sense um die fleischlosen Wangen lüftete und sehen ließ, daß da nichts Schönes war.

Es waren ein paar junge kräftige Burschen, die kommandiert waren mit Nr. 40 die Wiese zu mähen. Aber sie zogen sich, sobald sie sich unbemerkt glaubten, langsam und vorsichtig von ihm zurück und verkrochen sich hinter die Schutzhecke, die die Wiese umzäunte. Er merkte es nicht; und wenn er's gemerkt hätte: die Arbeit schaffte er schon allein! Er spuckte in die Hände und faßte den Stiel der Sense fester. Er war fast ärgerlich, daß der Aufseher die Genossen ihm wieder zutrieb mit rauhem Kommando.

Groß reckte sich seine schwanke Gestalt in die flimmrige Helle des Äthers; um die stöckernen Lenden hing die Hose schlotternd weit, die Brust, die der Kittel freiließ, zeigte nur Rippen, aber gleichmäßig atmete sie wie im Takt – auf, ab – ab, auf. Es war ihm eine Lust zu mähen, zu schneiden. Ein freundliches Grinsen zeigte sich im hohlwangigen Gesicht. –

Wenn die Vierzig zur Mahlzeit heimgetrabt kamen in den hölzernen Bau und die Blechnäpfe klapperten, waren sie alle hungrig wie Wölfe; mit Hast fuhren ihre Löffel in die Suppe, sie konnten es kaum erwarten, zu schlürfen, zu schlucken. Aber denen, die neben Nr. 40 zu sitzen kamen oder gar gegenüber, eilte es nicht. Sie rückten ab auf der Bank, rutschten verlegen und wandten die Augen fort; oder sie erwischten eine Gelegenheit, machten sich in einen Winkel und verschlangen da lieber ihre Mahlzeit stehenden Fußes.

Keiner setzte sich freiwillig in seine Nähe. Aber Nr. 40 merkte das nicht. Mit Behagen hing er über seinem Blechnapf – kein Tröpfchen blieb darin und auch kein Krümchen vom Brot übrig. Und gab es an Sonn- und Festtagen ein Endchen geräucherter Blutwurst oder Speck, dann freute er sich, daß man seine gelben Zähne fletschen sah, alle, die er noch hatte.

Und daß sie sogar im Schlafsaal ihn mieden, in dem ewig verdunkelten, durch die vergitterten Lichtluken nur wenig erhellten Raum, das merkte er auch nicht. Er schlief immer gut; er war müde von der Arbeit und wußte sich geborgen. So geborgen hatte er sich nicht mehr gefühlt, seitdem er nicht mehr an seiner Mutter, der struppigen Besenbinderin, Rock rheinauf, rheinab lief.

Ach, wenn das gute Leben nur nicht so bald schon ein Ende hätte!

Die letzte Zeit, bevor er herauskam, fühlte Nr. 40 etwas wie Schmerzen. War er krank? Er konnte lange nicht mehr so tüchtig essen; nur halb brachte er den Blechnapf leer. Und nachts hörten ihn die, die mit dem Rücken gegen ihn lagen, um ihn selbst im Traume nicht anzusehen, jämmerlich seufzen und sich rastlos werfen von der Linken zur Rechten.

Hohlwangiger noch als sonst, aber emsig wie sonst arbeitete das lange Gestell auf dem Moor. Um ihn war keine flimmernde Sommerhelle mehr, in der er es wohlig warm hatte rieseln fühlen durch seine starren Glieder, aber auch die Nebelbrisen des Herbstes, in denen die anderen husteten, taten ihm wohl. Freie Luft – ah, so viel gute freie Luft – ach, und nun sollte er bald freikommen!

Daß doch die Herren vom Gericht ein Einsehen hätten und ihm erlaubten, noch ein Jährchen hier oben zu bleiben! Neulich abends, als die anderen alle sich um den Herd drängten, in dem jetzt schon lange tüchtig gefeuert ward, war es ihm geglückt, den obersten Aufseher für einen Moment unter vier Augen zu sprechen. Ach, hatte er da gesagt, wenn man ihn doch noch ein bißchen hier behalten möcht?! Die Angst hatte seine ungefüge Zunge, die schwer wie ein toter Klöppel in der Höhlung lag, in Bewegung gesetzt; er hatte gestammelt und gestottert, fast gelallt wie ein Kind, wenn auch mit rauher Stimme: Ach, raus mochte er nicht, nein, gar nicht, was wär es doch so gut hier! Wenn doch der Herr Oberaufseher mal ein Wörtchen reden möchte mit der Verwaltung!

Der Oberaufseher hatte gelacht – ›verrückter Kerl‹ – aber gelacht hatte er doch! Wer weiß, der setzte es durch, und sie ließen ihn bleiben. Der Winter sollte garstig sein hier oben; Nebel und Regen und soviel Schnee, daß das Haus darin versank bis ans Ziegeldach, und auch das nicht mehr leuchtete mit seinem munteren Rot, sondern weißgrau und schmutzig ward wie die Erde rundum und wie der Himmel darüber; scheußlicher wäre es dann, noch schrecklicher als zu anderer Zeit, so hatten abends im Schlafsaal Nr. 3 und Nr. 4 einigen Neulingen flüsternd erzählt.

Was die sich zusammenlogen! Garstig – scheußlich – schrecklich?! Garstig war's, wenn man durch die Straßen lungerte, keinen warmen Bissen im Leib und auch keine Aussicht hatte, einen zu kriegen. Scheußlich, wenn man an den Häusern anklingelte, und jeder einem rasch die Tür vor der Nase zuschlug! Schrecklich, wenn man ausspionieren mußte, bei Tag und bei Nacht, wo's was zu klemmen gab!

Nein, an der Dieberei hatte er eigentlich gar kein Vergnügen, es war ein miserabliges Gewerbe – arbeiten war besser!

Und er warf sich mit einer Wucht auf sein Grabscheit, daß der derbe hölzerne Stiel fast unter ihm zusammengebrochen wäre. Diesen Graben hier mußte er noch fertig kriegen – nein, wenn den ein anderer fertig machen sollte – nein, das gönnte er einem anderen nicht! Und die Schaufeln lehmiger Erde flogen, dumpf klatschten die nassen Schollen mit ihrem schwerem Gewicht. Bis an die Knöchel stand Nr. 40 mit seinen nackten Füßen, an deren Dürre die Holzpantoffeln keinen Halt fanden, im Schlamm. Das machte ihm nichts – überall war es ja moorig jetzt, das Wasser quoll wie aus Löchern.

Aber wie konnten sie nur sagen, im Winter sei's schrecklich hier oben?! Und langweilig wär's, zum Sterben öde, nichts als Körbe flechten und Besen binden! Ha, mußte das fein sein, Besen binden unter Dach und Fach, beim Erglühen der schwarzen Torfstücke und beim leckeren Geruch, der dem riesigen Suppenkessel entstieg! Ei, Besen binden, das war ja seine Lieblingsbeschäftigung! Und seine Mutter fiel ihm ein.

An die hatte er lange nicht gedacht. Wo die jetzt wohl sein mochte? Er wußte nicht, wo sie geblieben war. Nun, die war sicher tot; er selber sollte ja schon an die Fünfzig sein – so hatten's wenigstens die Herren aus ihren Akten vorgelesen – freilich, er fühlte sich noch nicht wie ein Fünfziger, trotz seiner grauen Haare. Oho, er nahm's noch mit allem auf, hatte Kraft in den Knochen – wenn er nur hier bleiben durfte!

Der Blick aus seinen rotplierigen Augen, die den wimperlosen Rand der Lider nach außen kehrten, wulstig und vereitert, schweifte mit Hingabe über des Hochlandes weite Fläche, dessen Heide verblüht war, dessen Beeren erfroren waren, das so braun und still jetzt lag unterm hängenden Wolkenhimmel. Der Herbst war da – wenn die ersten Schneeflocken fielen, wo würde er dann sein?!

Oh, noch hier, noch hier! Das gebe die heilige Gottesmutter, die Jungfrau Maria! Sagten sie nicht, sie sei eine Schutzpatronin für Leute seines Gewerbes?!

Und er faltete, einem tiefinneren, unbewußten und doch heiß empfundenen Instinkt folgend, seine verklammten Hände um den Spatenstiel. Sie hatten sich lange nicht mehr zum Beten zusammengelegt, seit frühester Kindheit nicht mehr; seitdem er nicht mehr mit der Mutter, landstreichend und bettelnd, gezogen war und sie ihn geheißen hatte, niederknien und die Hände falten vor jedem Heiligenhäuschen am Weg. Nun wußte er nicht, was man beten soll in solcher Lage; aber er faltete die Hände. Uns das war ein Gebet.

Vom Hahnheisterbusch kam ein Duften her, von der blauen Tannenlinie des Hargard ein stärkendes Wehen. Das Venn war mild geworden, weich in allen seinen Linien, und die Brust dehnte sich in so tiefem Atemzug, als wäre sie zu eng, all das Wohlbehagen zu fassen. –

– –

Es war am ersten Tag des Oktober, daß der Schnee fiel, und daß sie ihn herausließen. Er war nun ein freier Mann. Er hatte sich nur noch zu stellen bei der Gefängnisverwaltung in Aachen und dort seine bürgerliche Kleidung in Empfang zu nehmen – den verschlissenen Rock, die zerlumpte Hose, den verbeulten Filz und die durchlöcherten Stiefel, – die er getragen hatte an jenem denkwürdigen Tag, als sein Leben sich auf die Sonnenseite kehrte. Denn schlecht hatte sich auch das erste halbe Jahr nicht versessen in Aachen, wenn's freilich mit der Hälfte hier oben sich nicht vergleichen ließ. Ach, wie gut hatte er's hier doch gehabt!

Wie ein Stumpfsinniger hatte Nr. 40 dreingestiert, als ihn der Oberaufseher auf die Schulter getippt hatte: ›No, morgen geht's raus!‹ Was, er – wirklich, er sollte weg?! Es sollte nun wirklich zu Ende sein?! Er konnte es nicht fassen.

Seine Augen hatten gezwinkert, sein Gesicht hatte eine Grimasse geschnitten. Wollte er lachen oder weinen? Die Sträflinge wurden nicht klug daraus. Heute sahen sie ihn an; heute beneideten sie ihn, den sie verabscheuten – denn morgen kam er ja 'raus!

Abends im Schlafsaal, wo es ihnen vergönnt war, ohne die Augen und Ohren des Wächters über sich, leise Worte zu tauschen, machten sie sich an Simeon Schalkenbach heran. Er war ja nun frei, er konnte ihre Aufträge ausrichten an den und jenen, an diese und jene. Ihrer viele hatten etwas zu bestellen.

Nr. 7, der rote Fuchs, faßte sogar seine Hände und beschwor ihn hoch und teuer, bei seiner ewigen Seligkeit, zum Trautchen hinzugehen – da und da wohnte sie, er beschrieb's ganz genau – und ihr zu sagen, was zu schreiben er sich nie getraute – denn dann hätte ja der Inspektor seine Schuld herausgelesen, die er immer noch ableugnete – ihr zu sagen, daß sie ein Leben haben sollte wie die Engel im Himmel, daß er ihr ein besserer Mann werden wollte als bisher, sie nie mehr so unglücklich machen, kam er nur erst wieder 'raus zu ihr!

Es schmeichelte Simeon Schalkenbach gewaltig, daß er also erkoren ward zum Liebesboten.

Würde er auch alles behalten?!

»Sicher un jewiß!« Er legte die knöcherne Hand aufs Herz und grinste dabei, daß die, die um ihn standen, zu anderer Zeit entsetzt zurückgefahren wären. So aber bezwangen sie sich: Gott sei Dank, er war ja nun bald weg, bald konnte man wieder mit Appetit essen! –

Als er am nächsten Morgen das Haus mit dem roten Ziegeldach verließ, durch dessen Tür er hundertundachtzig Tage ein- und ausgegangen war zu friedlicher Arbeit, fühlte er etwas Nasses in den wirklichen Weinens unkundigen Augen – seine Augen weinten sonst nur, wenn sie tränten vor bösartiger Entzündlichkeit – soviel gute Freunde ließ er hier zurück! Ach, so viele gute Freunde!

Langsam trottete er neben dem Aufseher her, der ihn nach Aachen zu eskortieren hatte. Der rannte, denn es eilte ihm; Regen und Schnee fielen gemischt, und der Wind peitschte die wenigen Blätter der ragenden Hainbuchen, die – Flaggen, in der Not gehißt – die Nähe von Mützenich anzeigten.

Simeon Schalkenbach eilte es nicht; er hinkte und stolperte, als könnte er gar nicht vorankommen. Wie mit Klammern hielt ihn die Vennheide fest, in Klößen hing sich die moorige Erde schwer unter seine groben Schuhe.

Nein, wahrhaftig, er konnte nicht weg von hier – horch! – und trillerte da nicht leise eine verborgene letzte Lerche?! Die Kehle schnürte sich ihm zusammen, eine Angst kam ihn an, als ginge es zum Hängen: wann, wann hörte er diese Lerche wieder einmal?!

Er hatte immer ein Vergnügen daran gehabt die Lerchen zu behorchen; es gab deren manche auf dem Venn. Besonders morgens, wenn das Kraut noch so taufrisch war, wie bereift, hatten sie sich hören lassen – ›tirili‹ – so was Pläsierliches! In den Straßen von Aachen oder gar im großen Köln, wohin er sich nun wohl aufmachen würde – vielleicht, daß es ihm da gelang, bei irgend einer Arbeit anzukommen – gab's keine Lerchen. Da pfiffen nur die verflixten Straßenjungen, drehten sich nach ihm um und johlten laut: ›Huh, wat siehste schläch uhs!‹

Ein grenzenloses Heimweh kam schon jetzt über ihn nach dieser stillen braunen Heide, auf der man nichts hörte als das Kommando des Aufsehers, das Rammen von Pfählen, das Knarren von Achsen, das Klirren von Ketten, das Sägen von Bohlen, das Schollern von Erdmassen, das Klappern von Drainröhren und ab und zu einen Jägerschuß; nichts als das Trappsen ungefügiger Holzpantoffeln und einen Raubvogelschrei aus dem unermeßlichen Luftmeer herunter. Ihm wurde so sehnsuchtsvoll, daß er am liebsten kehrt gemacht hätte und zurückgerannt wäre zu der länglichen Holzbaracke, deren Wände und auch deren Dach jetzt hinter einer Bodenerhebung verschwanden.

»Voran!« sagte der Aufseher grob. »Dat is kein Wetter für stillzustehen un Maulaffen feilzuhalten!«

Mützenich, das lange Dorf, nahm sie auf; sie mußten es ganz zu Ende gehen – fast eine Stunde dauerte das – bis sie an die Eisenbahn kamen. Und obgleich das Wetter so schlecht war, Kinder waren doch auf der Straße, Jungen und sogar auch Mädchen; und sie alle gafften neugierig, stoben dann auseinander wie in tödlichem Schreck, um sich dann wieder in Trupps zusammenzuschließen und laut hinterdrein zu heulen: »Huh, wat sieht de uhs!« –

Das war Simeon Schalkenbachs Eintritt wiederum in die Welt, in die Freiheit.

* * *

Der Winter war übers Venn hingegangen, so langsam, so lautlos, wie nur ein Vennwinter schleichen kann. Nun war der Schnee geschmolzen; meterhoch hatte er gelegen, die Leute von Mützenich hatten tagtäglich immer von neuem zu tun gehabt, sich ein Pfädchen zu schaufeln. Oben in der Baracke waren sie bis zum Dach eingeweht gewesen, tagelang hatten sie nicht hinausgekonnt, nicht vor die Tür, und die Trostlosigkeit hatte auf dem First gehockt, und die ödeste Stumpfsinnigkeit hatte drinnen Platz genommen. Ohne Unterhaltung, fast ohne Worte hatten die Eingeschlossenen im Fachwerk zusammengehockt, Körbe geflochten und Besen gebunden und nicht gewußt, ob es noch Mittag war oder schon Abend, ob die Welt draußen noch lebte, oder ob sie vergangen war, gestorben im lautlosen Schnee wie alles.

Spät erst begann es droben zu lenzen. Nicht alle Sträflinge waren mehr oben, und diese nur mit einem Aufseher – es tat keine Not, wegrennen konnte keiner um diese Zeit – aber nun kam durch den zerflossenen Schnee der zweite Aufseher von Aachen wieder an, mit einem neuen Schub. Und aus den neuen Gesichtern heraus grinste sie ein altes, ein nur zu wohlbekanntes: Nr. 40 war wieder da – o weh!

Sie hatten sich alle nach dem Lenz gesehnt, nach ihm verlangt, wie sie sonst nach nichts verlangten als nach ihrer Freiheit; nun aber verwünschten sie ihn: wenn der ihnen solch einen Vogel brachte! Den Winter über hatte ihnen wenigstens das Essen geschmeckt, dieser einzige winzige Genuß, der ihnen geblieben war, – nun sollten sie auch auf den verzichten, sich das bißchen wieder hereinschlagen mit Grausen, geschüttelt von einem Ekel, der jeden überkam, sobald er den da ansah?! Den da – den da! Blicke, in denen sich keine Wiedersehensfreude malte, nur Abwehr – verdrossene Abwehr, Widerwillen und Schreck –, begrüßten den alten Bekannten.

Der merkte das nicht; der war ja so glücklich wie noch nie in seinem Leben. Sein Gesicht, dem die Nase fehlte, abgefressen vom Knochenfraß, dessen Mund auch keine Lippen mehr wies, nur ein Loch mit fletschenden Zähnen, dieses Gesicht, das so scheußlich war mit den rotwülstig geränderten Augen und der genarbten, nur über Knochen gespannten Pergamenthaut, wurde noch scheußlicher in einem Lachen triumphierenden Glückes. Das hatte er aber mal klug gemacht, mächtig klug! Die heilige Jungfrau die gute Patronin, sei gelobt!

Nicht gleich beim ersten Mal hatten sie ihn wieder gegriffen, so sehr er es auch darauf angelegt hatte – die waren eben doch dümmer, als wie er sie taxiert hatte – aber das zweite Mal, zur Fastnachtszeit, da war's ihm trefflich gelungen. Da war er nachts in die Backstube eingestiegen, wo der übermüdete Geselle bei seinem Teig eingenickt war, hatte sich erst ordentlich satt gestopft an frischen Berliner Pfannkuchen, an Naunzen und Muzenmändelchen und hatte dann, als der durch das schmatzende Geräusch erweckte Geselle schlaftrunken auffuhr, demselben eins gehörig mit der Backmulde auf den Kopf gegeben.

Es hatte ihm eigentlich leid getan, den armen Kerl, der so lecker backen konnte, so zuzurichten, aber was sollte er machen?! Wo kriegte er denn sonst die gewünschte Strafzeit – zwei Jahre zum mindesten – her?!

Und wirklich, zwei Jahre waren es diesmal geworden. Der gute Geselle hatte sechs Wochen im Krankenhaus liegen müssen – das war ›Körperverletzung‹ – dazu kam das ›schon vorbestraft‹.

Simeon Schalkenbach stand so wohlgemut vor dem Staatsanwalt, so freundlich grinsend, daß dieser sich rühmen konnte, noch von keinem Verbrecher so angesehen worden zu sein, und machte beim Schlusse der Verhandlung so viele dankerfüllte Kratzfüße vor dem hohen Gerichtshof, daß die Herren ein Lächeln kaum unterdrücken konnten. Ihm war sehr hoffnungsfreudig. Nur die eine Besorgnis hatte er: ob man ihn auch wieder verschicken würde zur Strafkolonie?! Aber richtig, auch dieses Glück wurde ihm zuteil!

Eine nie vormals empfundene, nicht einmal vormals geahnte Freude überkam ihn mit schier herzsprengender Fülle, als die Tür der Holzbaracke mit dem roten Ziegeldach sich ihm wieder auftat. Er war so ganz dieser Freude voll, daß er den Schrecken nicht wahrnahm, das Entsetzen nicht, das die Gesichter vor ihm starr machte. Geredet durfte hier nicht werden, hier hieß es: stumm sich in die Tagesordnung einfügen; er tat das auch – nun war er wieder wie vordem Nr. 40, die letzte Nummer hatte er wieder bekommen –, aber der Blick seiner roten Augen sagte jedem einzelnen der alten Freunde mit sprechender Deutlichkeit: ›Da bin ich wieder, sei mir gegrüßt!‹ –

Von diesem Tage an war es merkwürdig, daß von der Suppe, die sonst immer bis zum letzten Tropfen verbraucht worden war, ganze Portionen unberührt übriggelassen wurden. Und eine Verdrossenheit war unter den Sträflingen, eine Unzufriedenheit, eine Mürrischkeit, wie sie in den schlimmsten Wintertagen nicht zu bemerken gewesen war. Ein paar Mal sogar mußte der Aufseher energisch eingreifen; es kamen ihrer welche ins Kaschötchen. Und immer wieder welche kamen hinein. Aber auch das nützte nichts, und nichts die verdoppelt strenge Zucht, nichts die auf die Hälfte herabgeminderten Rationen; wie Flügelschlag das Aufruhrs wehte es durch die Baracke. Wo kam dieser schlechte Geist nur auf einmal her?!

Der oberste Aufseher, der eine lange Praxis hinter sich hatte, sah sich seine Leute scharf an. Und dann nahm er sich Nr. 7 vor, den roten Fuchs; der war eine Intelligenz, der sollte beichten. Streng nahm er ihn ins Verhör: »Was ist los mit euch? Worüber habt ihr zu klagen? Warum seid ihr so rappelköpp'sch, he?«

Da brach es los wie ein Ungewitter. Der rote Fuchs zitterte vor Erregung, man war doch ein anständiger Mensch, der die Nase noch hatte und im Gesicht nicht nur ein Loch wie ein hohles Tor, ums Essen einzufahren, – und man sollte mit so einem essen?! »Pfui Deiwel!« Und er spuckte aus, gegen alle Disziplin, erbleichend vor Ekel.

»No,no,« brummte der Aufseher, aber weiter sagte er nichts. Still sah er sich Nr. 40 an; und da mußte er sich's eingestehen: die anderen hatten nicht unrecht.

Als es zum Essen ging und Nr. 40 sich wohlgemut auf die lange Bank schieben wollte, hieß er ihn aufstehen und mit seinem Napf draußen vor die Tür hingehen. Mochte er da essen!

Mit einigem Erstaunen folgte Nr. 40 dem erhaltenen Befehl; aber dann gewöhnte er sich rasch daran, seine Morgen-, Mittag- und Abendsuppe draußen auf der Schwelle zu verzehren. Wenn man Hunger hat, schmeckt's ja auch da sehr gut.

Aber die drinnen waren doch noch nicht zufriedengestellt. Lange genug hatte man sich's gefallen lassen müssen, schon den ganzen verflossenen Sommer hindurch, murrten die Alten, mit so einem zusammen zu sein, zusammen zu arbeiten, zusammen zu schlafen, aber nun wollte man das nicht mehr! Das Recht wenigstens hatte man zu verlangen, nicht mit Ekelerregenden zusammengepfercht zu sein!

Und die neu Dazugekommenen, sie, die noch nicht an den Anblick gewöhnt waren, murrten erst recht: das war ja noch schlimmer als arbeiten und Freiheitsberaubung, das war gemein, einen mit solchem Greuel zusammenzusperren!

Wütende Blicke flogen; Blicke, die zuerst nur Abwehr gezeigt hatten, Grauen und Widerwillen, wurden jetzt Blicke des Hasses. Die guten Freunde wandten sich von der letzten Nummer; da war keiner, der abends im Schlafsaal ein Wörtchen mit ihm getauscht hätte.

Einer redete den anderen auf: pfui, dieses lange Gestell, dieses Scheusal, dieses Gerippe ohne Nase und Lippen! Sie alle, die hier zusammensaßen, verziehen sich ihre Sünden untereinander: was war denn da auch weiter dabei, ein bißchen Diebstahl, Meineid und Hehlerei, Kuppelei, Totschlag und Vergehen gegen die Sittlichkeit?! Aber ein Mann ohne Nase, mit einem Gesicht wie leibhaftig der grinsende Tod, nein, den wollte man nicht unter sich dulden!

Im Schlafsaal rottete man sich zusammen. Es war zuweilen dort nachts ein Tumult, daß der Aufseher mit dem Knüttel und der Pistole hineinging; aber es half ihm nichts, daß er mit beiden Ruhe gebot, am anderen Abend erneuerte sich der Spektakel. Und es half ihm auch nichts, daß er Nr. 40 aus dem allgemeinen Schlafraum heraustat und ihn hieß, neben dem Haus im Torfstall schlafen. Gutwillig tappte der Schlafselige da hinein und ließ den Riegel hinter sich vorlegen; nun war er nicht mehr zu sehen und zu hören.

Aber sein Anblick foppte die anderen im Traum. Und wenn sie auch nicht träumten und ihn auch nicht mehr neben sich atmen hatten unter dem gleichen Dach, sie sahen ihn doch noch sich dicht vor Augen stehen in der Schwärze des nächtlichen Dunkels. Und wie sie sich auch drehten und wendeten und die Augen schützten hinter dem vorgehaltenen Arm – er blieb stehen und sie sahen ihn, wie am Tage so auch jetzt. Wie immer. Sie wurden den Anblick nicht mehr los, wie sie auch die Fäuste ballten und mit den Füßen stießen und dumpfe Verwünschungen auf ihn schleuderten. Verflucht! Das Venn war groß und weit, aber das lange Gestell ging überall um. Es verfolgte sie; es war bei der Arbeit, beim Essen, beim Schlafen; es war überall. In ihm stierte der Tod sie an. Seine Hand schwang die Sense – die mähende

Hippe – lang flappte unterm Binsenhut das linnene Tuch und zeigte, sich lüftend, knöcherne Wangen und fletschende Zähne. Und es machte sie rasend, verzweifelt, diesen Tod eine Grube graben zu sehen – wer kam da hinein?!

Der Oberaufseher mußte Nr. 40 eine Arbeit anweisen ganz weitab von den anderen, ganz für sich allein; er konnte das ja getrost tun, bei dem harmlosen Kerl war nichts zu befürchten, der rannte nicht fort. Und wär's selbst ein Risiko, er mußte es wagen, um die anderen zu beruhigen, denn sonst warfen sie die Werkzeuge hin und verweigerten ihm den Gehorsam. –

Der harmlos Glückliche merkte von all diesem nichts. Daß er allein arbeiten mußte, war ihm gerade recht. Auf dem weiten Venn aus der tiefen Grube Torf zu stechen, hei, war das eine Lust! Wenn er am Abend heimging von fleißiger Arbeit, unterm Frühlingshimmel voll gemütlicher Sterne dahintrabte, dann spitzte er wohl, den Spaten geschultert, tief innerlich befriedigt, den lippenlosen Mund. Er konnte nicht mehr pfeifen, aber er war doch so froh, als hätte er gepfiffen, so hell und voll, wie die Amsel im Frühling pfeift.

Schon begann das Heidekraut grüne Spitzchen schießen zu lassen aus seinem dürren Braun, und die Sumpfdotterblumen und gelben Narzissen lachten wie Sterne an den Rändern der Lachen. Überall waren die Gruben gefüllt, aber ihr Wasser hatte nicht mehr die schaurige Kälte geschmolzenen Schnees; schon hatte der Himmel warme Maitränen hineingeweint, und die Sonne hatte es mit ihren Strahlen geküßt.

Nr. 40 kam eines Mittags nach Hause – er hätte sich am liebsten den Leinenkittel schon angezogen, den Binsenhut aufgesetzt und das mückenscheuchende, lappende Tuch daruntergelegt, so wohlig war's ihm heute – einen Kalmusstengel im Munde. Aus solchem Kalmus hatte er sich als Knabe eine Pfeife geschnitten und darauf lustig geblasen – warum sollte er's heute nicht ebenso tun? Aber statt zwischen Lippen hielt er jetzt den Kalmus nur zwischen den Zähnen, lutschte mit der Zunge daran und versuchte vergebens, ihm einen Ton zu entlocken. Er war vergnügt, aber es war ein furchtbarer Anblick.

Und so trat er in den Eßraum, wo sie schon alle bei der Suppe saßen; man hatte ihn heute vergessen, darum ging er hinein, sich selber seinen Blechnapf herauszuholen.

Sie sahen ihn alle, starrten entsetzt und ließen ihre Löffel fallen.

»'eraus!« schrie einer auf.

Und da Nr. 40 verdutzt stand, nicht wissend, ob es ihm galt oder einem anderen, schrien sie alle empört: »'eraus!«

Der Aufseher schrie es, die Sträflinge schrien's, und der rote Fuchs, den der Ekel würgte, stieß seine Schüssel von sich, daß die Suppe auf die Erde schwappte, und brüllte wie ein verzweifeltes Tier, brüllte zwischen Würgen und Heulen, ringend nach Atem: »Jeh, mach dich ab! Du Ekel – du Scheusal – du fiesen Kerl! Ba, wat siehste uhs!«

Und alle brüllten nach: »Du Ekel, du Scheusal, du fiesen Kerl, mach dich ab!«

Und er fühlte sich vom Aufseher an den Schultern gepackt und hinaus vor die Tür geschoben.

Da stand er. Und als niemand den Arm herausstreckte, ihm seinen Suppennapf zu reichen, ging er. Erst zögernd, sich ab und zu umsehend, dann rascher und rascher.

Bei der tiefen Grube, weit draußen im Venn angelangt, fand er seinen Spaten in der moorigen Erde stecken, wie er ihn vor einer Stunde – nein, so lange war's ja noch nicht einmal her – mit kräftigem Stoße hineingetrieben hatte.

Und er ergriff ihn. Seine Hände umklammerten das Werkzeug, mit dem er voller Lust gearbeitet hatte, als müsse er sich an ihm halten. Hier war die Arbeit – aber die Lust war vergangen.

›– – – Du fiesen Kerl – du Ekel – du Scheusal – wat siehste uhs!‹ – – – das hörte er immerfort und sehr deutlich.

War er denn wirklich so scheußlich?!

Einen Spiegel hatte er nie besessen, auch nie daran gedacht, sich zu bespiegeln. Nun bückte er sich über die Grube, sich an ihrem Rande auf den Spaten stützend, den langen Oberkörper ragend und fragend weit vornüber gebeugt.

Das tiefe, glatte Wasser, das unterm Sonnenglanz ganz still in der Grube stand, gab spiegelnd sein Bild zurück. Nun sah er sich. Und er erschrak!

Ja, sie hatten recht, sie waren wahrhaftige Freunde, er sah scheußlich aus ! So scheußlich hätte er sich's doch nicht gedacht – huh! Es überlief ihn ein Frost, die fletschenden Zähne schlugen ihm aufeinander.

»Ba, wat siehste uhs!« Er sagte es laut zu sich selber. Und dann nickte er langsam und ernsthaft mit dem Kopf: mach dich ab – ja, das war ganz recht so!

Nun wußte er auf einmal, daß sie ihn mieden, daß alle ihn mieden. Und auch warum sie ihn mieden. Warum sich alle Türen so schnell vor ihm schlossen, warum die Kinder johlend hinter ihm drein schrien, und warum er keine Arbeit bekam. Nicht einmal beim Lumpensortieren mochten sie ihn. Er mochte sich selber nicht.

»Mach dich ab!« Er sagte es ganz gelassen.

– –

Und dann stieg das lange Gestell, der leibhaftige Tod in die Grube hinab, die er sich selber gegraben hatte.

Sein Anblick schreckte fortab niemand mehr. –

Sie fanden die letzte Nummer nicht, obwohl sie nach ihr suchten.

*   *   *   *   *

Das Kind und das Venn

Das Dorf ist nicht wie andere Dörfer. Durch seine Mitte führt keine holprig gepflasterte Hauptstraße, an der die Weiber, Kartoffeln schälend und schwatzend, auf ihren Türschwellen sitzen und die vielen Kinder lustig miteinander lärmen; über die der Hirt, wenn die Morgensonne das Leben weckt, mit Tuten und Tröten die Gemeindeherde austreibt und sie wieder eintreibt, wenn in der Abendsonne die glatten Rücken der braunen Rinder rötlich spiegeln; auf der am Sonntag die kichernden Mädchen lustwandeln, in langer Reihe, Arm in Arm, und die grinsenden Jungen, die Mütze schief auf dem Ohr, die neumodische Zigarre im Mundwinkel, hinter ihnen drein klabastern.

Das Venndorf ist ungesellig. Kein Haus lehnt sich ans andere. Verstreut liegen die Gehöfte, jedes für sich, auf Rufweite voneinander geschieden.

Und um jedes Haus herum ragt die hohe Hainbuchenhecke, dieser Stolz des Besitzers, dieser Schutz gegen Sturm, dieser Wall gegen Schnee, diese Mauer gegen die Welt da draußen. – – –

Lennert Leis hatte die schönste Hecke im Dorf; die zeigten die Kutscher, wenn sie einmal einen Fremden durchfuhren. Die hatte dem Leis sein Ur-Urgroßvater schon angelegt. Sie war so hoch wie das Dach und fein gerade beschoren, auf den Strich; nur an den Ecken waren kleine Bäumchen stehengeblieben und rund gezogen wie grüne Kugeln, und die Einfahrt war ausgeschnitten zu einem schön gerundeten Torbogen. Sonst zeigte die ganze Hecke aber auch keine Lücke; mauerfest, schier hundertjährig wehrte sie mit ihrem dicht verknoteten Astgefüge den Vennwind vom Haus ab. Aber auch keine Sonne ließ sie in die Fenster; dämmerig war's immer innen in den alten Stuben.

Lennert Leis machte den Beschluß im Dorf; gleich hinter seiner Hecke fing das Venn an.

Wenn die Sonne schien, saß hier der kleine Gerret. Er saß da im kargen Schatten, den die Hecke warf, und starrte mit blinzelnden Augen aufs weite, weite Venn, das keine Grenzen hatte, das so fortging in die Ewigkeit.

Er sah am Sommermittag die Heupferdchen hupfen, und dann streckte er sehnsüchtig seine Hände aus und rief, wie er die anderen Kinder hatte rufen hören: »Heusprenger, wahr jeiste? Heusprenger, jank hönger dich, 'schwind, hol mer en Schwester! Heusprenger, Heusprenger!«

Der Heuspringer machte einen Satz – fort war er – aber er brachte dem Knaben keine Schwester. So sehr Gerret auch wartete – geduldig, stundenlang – er blieb allein.

Das große Venn war auch einsam, aber das reckte und dehnte sich in geheimnisvoller Freude ob der eigenen, einsamen Größe, während der kleine Junge erschauerte und ganz in sich zusammenduckte.

Gerret verstand nicht die Musik der Winde, die jauchzend die offene Brust des Venn zerwühlen, verstand nicht den stummen Kuß der Sonne, die in kurzer und desto glühenderer Liebeshast fast schmerzhaft brennt. Er sah nicht die Regenbogen vom endlosen Hochland aufstehen und sich verdoppeln in der unbegrenzten Weite, sah nicht das Kreuz auf der Richelsley rot flammen im Abendstrahl, wie ins Blut Christi getaucht.

Gerret war nicht von hier zu Haus.

Unten am sonnenfrohen Rhein war er geboren. Da hatte seine Mutter, ›das Drück‹, die Jüngste vom Lennert Leis, im Dienste gestanden und sich dann hinverheiratet. Es war ihr nicht wohl bekommen. Ihr Mann war ein Bahnschaffner gewesen, der jahraus, jahrein durch die Welt fährt, aber allzu früh hatte er ganz aus der Welt herausfahren müssen. So kam die junge Witwe wieder herauf zu den Eltern und brachte ihren Einzigen mit, den Gerhard; vier Jahre war der. Viele Worte wurden nicht gemacht, als die Tochter heimkam. Die Mutter vergoß wohl ein paar Tränen, als sie das neue Trauerkleid des Drück befühlte, aber im Grunde sagten sich beide Eltern, daß es nun, da sie anfingen alt zu werden, doch gut sei, wieder eine Hilfe im Haus zu haben; auf die beiden Söhne, den Jöpp und den Bärtes, war sowieso nicht zu rechnen, denen war die Vennerde zu mager gewesen, und sie waren nach Amerika gefahren, um reich zu werden.

Drück fand gleich ihre Arbeit. Den Jungen aber nahm der Großvater an die Hand und führte ihn hinter die Hecke aufs Venn; da sollte er spielen. Jedoch der kleine Kerl im Botzekleidchen spielte nicht. Er stand wie ein Pünktchen, verloren in der großen Weite, und sah sich verlegen um.

Unten am Rhein, in der Stadt, wo Gerret zu Hause gewesen war, da hatten die Menschen dichter beisammen gewohnt, so dicht, daß man sich nicht zu fürchten brauchte. Und viele Wagen waren da gefahren; er und andere Buben hatten sich hinten angehängt und waren mitgesaust, so lustig, hast du nicht gesehen.

Hier rollte keine Kutsche.

An den Schaufenstern hatten sie miteinander geguckt und, mit den Fingern die Scheiben betupfend, sich das Schönste dahinter ausgesucht.

Hier gab's keine bunte Pracht.

Und in den Rheinanlagen hatten sie sich auf den Bänken gesonnt unter Kastanien und Linden und sich süß umduften lassen von Nägelchen und Jasmin.

Hier roch's herb.

Von der Böschung hatten sie weiße Kiesel herunterflitschen lassen übers Wasser und die milde Luft, geschwängert von Tang und Teer und köstlicher Feuchte, eingeatmet.

Hier oben bekam Gerret gleich im ersten Winter einen Husten, und den kriegte er immer wieder, sobald nur die Erika auf dem Venn braun ward und die Vorläufer der Herbststürme die wenigen hochragenden Hainbuchen im Dorf entblätterten. Gleich Besen standen dann die Bäume, emporgereckt aus dem Grau des Venn zum Grau des Himmels.

Großvater Leis konnte es nicht begreifen, daß der Junge seine roten Backen verlor, die er doch mit heraufgebracht hatte.

»Wat fehlt dem Könd?« fragte er wohl einmal an Sonntagen, denn wochentags hatte er keine Zeit dazu; da trieb er sein Vieh aufs Venn, überallhin, wo nur ein Hälmchen Futter zu holen war, trug Milch und Butter hinunter nach Montjoie, der Stadt, und bastelte sorglich an seiner Hecke. »Haste Penkd, Jong?« Und stellte sich den Jungen zwischen die Knie und besah sich kopfschüttelnd das blasse Kindergesicht. Unwirsch zog er dann die Dose von Birkenrinde und stopfte sich eine Prise in die Nase: der Gerret war ja gar kein richtiger Eifeler Jung, der war ›en doof Ühl‹!

Ja, was fehlte dem Jungen?! Drück wußte es auch nicht: der Wind ging hier so stark, vielleicht, daß er sich erst daran gewöhnen mußte!

Sie selbst hatte sich rasch wieder oben eingelebt, sie war ja hier geboren. Sie blühte noch einmal auf, und ihre Gestalt, zwar hager und nicht zur Fülle neigend, gewann an Kraft.

Wenn sie, die Ärmel aufgestreift das Gedruckskleid hochgeschürzt, die nackten Füße in Holzklumpen, das Haar verweht, die Melkkübel und die Buttergefäße scheuerte und auf der Eimerbank an der Hecke zum Trocknen umstülpte, dann sah ihr Gerret fröstelnd zu.

Ihm wurde nie warm, selbst wenn er im Winter dicht beim Herd hockte; dann erst recht nicht. Dann heulte der Wind so schaurig im Rauchfang, wie die armen Seelen heulen draußen auf dem Venn, die da jagen müssen, immer jagen, und winselte, wie der Mann ohne Kopf winselt, der unten auf der Monschauer Burg spazieren geht.

Angst überfiel ihn in der dunklen Stube, vor deren Fenster die Hecke aufragte, so hoch, daß man kein Stückchen Himmel sah. Er lief hinaus vor das Haus; aber auch hier hinderte die Hecke. Er stellte sich ins Heckentor – nun sah er. Huh, eine Riesenweite, in der sich Nebel, lauter Nebel wälzten, und Wolken, mit denen der Sturm Ball spielte. Auch hier war kein Stück Himmel, auch hier war kein helles Licht. Und aus dem Grau rieselte es; es rieselte von der Hecke, es rieselte am Boden, die Erde zerfloß unter den Füßen wie Brei. Der Wind holte aus und gab ihm einen Stoß, daß er umfiel, sich nur mühsam wieder aufrichtete und weinend zurück in den Schutz der Hecke torkelte.

Es war das beste, er kroch ins Bett. Da lag er, das Federbett bis an die Nase gezogen, ins Kissen eingewühlt und hielt sich das mit beiden Händen fest gegen die Ohren gedrückt. Wie es draußen tobte, gellte, schrillte, brüllte! Das Venn, o das Venn, wenn das nur nicht hereinkam!

Seine Mutter teilte mit ihm das Bett, aber wenn sie sich am Abend bei ihm niederlegte, schlief sie gleich ein und schnarchte mit offenem Munde. So lag er denn stumm und allein und schwitzte und fror doch. –

»De Jong moß en de Scholl, dat hä alert wierd,« sagte Lennert Leis, führte den Enkel zum Herrn Lehrer und meldete ihn an.

Die andern Kinder im Dorf scheuten die Schule; sie mochten lieber bei den Kühen auf dem Venn lungern oder im Winter mit dem Handschlitten herunterglitschen bis zum Lauscherbüschel und sehen, wie der Eisenbahnzug mühsam auf Station Montjoie zukeuchte. Gerret dagegen freute sich auf die Schule: da waren ja so viele seinesgleichen! Er nahm's gar nicht übel, daß die anderen ihn gleich am ersten Schultag auf dem Nachhauseweg prügelten.

»Haste de Huck jeschurt krigge?« fragte der Großvater, als der Enkel mit rotgeschwollenen Ohren heimkam und lachte. Ei, die würden ihn schon munter kriegen!

Gerret lachte auch, sein seltenes, leises Lachen. Wo er früher gewohnt hatte – ach ja – da hatten sich die Jungens auch immer gehauen! Wenigstens etwas war hier so wie da!

Aber Freunde gewann er darum eigentlich doch nicht. Im Winter mußte er auch zu oft in der Schule fehlen, denn wenn das Wetter wild war, kam er nicht durch. Das Haus seines Großvaters war das letzte im Dorf, kein anderer hatte einen so weiten Weg zur Schule wie er – wenigstens dünkte ihn das so.

So entwöhnte er sich des aufmerksamen Lernens und Zuhörens, und in der ewigen Winterdunkelheit der Stube fiel es auf seine Seele wie ein Schleier. –

Drück sorgte sich darum: ihr Gerret war doch früher so ein lustiges, dickes Jüngelchen gewesen, der mußte Würmer haben! Oder war er am Ende gar behext?! Zu dieser letzteren Ansicht neigte die Großmutter: hatte man denn nicht schon ganz seltsame Beispiele erlebt?!

Aber der Großvater wollte so was nicht hören, der war ein ganz Aufgeklärter und hielt mehr von den Würmern. So zog er eines Tags, als er, wie gewöhnlich, Butter und Milch zur Stadt trug, einen schwarzen Sonntagsrock unter seinem blauen Kittel, hieß Drück den Jungen ›staats‹ machen und führte ihn an der Hand hinunter gen Montjoie.

Gerret war noch nie so weit gekommen. Also das war Monsche, die Stadt?! Eingeklemmt, klein und eng, fand sie mit ihren grauen Häusern kaum Platz zwischen den grauen Felsen; kaum hoben sich ihre dunklen Dächer vom dunklen Gestein. Und keine Gärten waren da. Grüne Fleckchen nur hingen schwindelhoch an den Felsen, nur durch Treppchen und Pfädchen erreichbar, vor denen es Gerret grauste. Die Straßen waren so schmal, daß sich zwei Wagen nicht ausweichen konnten. Und unheimlich sah die große Burgruine herunter auf das Häuserklümpchen. Und drüben der alte Wachtturm war noch trotziger und unfreundlicher!

Eine große Enttäuschung kam über Gerret, hatte er sich doch so sehr gefreut als es hieß: ›zur Stadt‹. Er hatte sich alles ganz anders vorgestellt. Eine dunkle Erinnerung war in ihm aufgestiegen an ein Städtebild von heiterer Schönheit; beschreiben hätte er dies freilich nicht mehr können, aber er fühlte es noch. Sein Blick suchte bunte Schaufenster voll aller möglichen Pracht – er fand keine – und dort am Fluß, der rauschend und brausend dahinstürmte im felsigen Bett, blühten keine freundlichen Anlagen! Nicht einmal Platz hätten die da gehabt neben dem ungebärdigen Wasser.

An der gelben, mit weißen Schaumköpfen wie beperlten Roer entlang, vorbei an uralten Häusern, die, von Pfählen gestützt, sich weit über den Fluß vorneigen, führte der Großvater den Knaben zum Doktor.

»Herr Dokter, dä Jong hat Wörm!« Damit betrat er die Studierstube.

Der Doktor kannte den Lennert Leis vom Vennhof, war der doch seiner Frau Butterlieferant. Er untersuchte den Knaben gründlich, beklopfte ihn hier, behorchte ihn da und schüttelte zuletzt den Kopf: »Mit Euren Würm, Unsinn! Der Junge hat nicht die richtige Konstitution für Euch da oben! Vennluft – hm, hm! Gesund ist er soweit; no, ich denke er wird sich schon nach und nach eingewöhnen!«

Nun natürlich, das meinte der Großvater auch. Wenn's weiter nix war. Zufrieden zog er ab, aber entschlossen, doch noch in der Apotheke Wurmsamen zu kaufen – eßlöffelweise zu nehmen zwischen Sirup gemischt – und einen Tee von Pfefferminzkraut und Stiefmütterchen für alle Fälle.

Der Doktor sah den beiden nach, wie der kantige Bauer dahinschob, weitausholenden, aber bedächtigen Schrittes, und den Knaben mit der gesenkten Stirn und den festgeschlossenen Lippen hinter sich drein zog. Der Junge tat ihm leid. Und doch hätte er eigentlich nicht sagen können: warum.

* * *

Gerret half nun schon seinem Großvater das Vieh hüten. Bald überließ ihm das der Alte ganz selbständig.

Viehhüten war das Amt aller Jungen im Dorf; ihrer zwei, drei taten sich immer zusammen, lagen auf dem Bauch im harten Venngras, spielten Karten oder rauchten eine ›Pief‹, während das Vieh rundum suchte, wo es etwas fand.

Gerret gesellte sich zu keinem von ihnen. Er mochte nicht sprechen. Wenn seine Kühe schwammen im endlosen Meer des Heidekrautes und er ihnen langsam folgte, am Stengel einer der zähen Farren nagend, die unfruchtbar das Gras des Venn untermengen, war immer etwas um ihn, über ihm, das hob den Finger und sagte : ›Sei still!‹

Das war das Venn, das machte ihn stumm. Das kam auf ihn zu – ein Gewaltiges, Übermenschliches – das rückte ihm immer näher, immer näher. Das bedrückte ihn; das erdrückte ihn schier. Er rang nach Luft, aber wehren konnte er sich nicht. Ganz still saß er wie gebannt, starren Blickes.

Und raffte er sich endlich auf, riß sich gewaltsam los, lief davon und trieb seine Kühe heimwärts, und saß er dann bei den Großeltern am Tisch oder beim Lehrer in der Schule, auf derselben Bank mit den anderen Kindern, oder lag er bei seiner Mutter im Bett – nirgends, nie mehr vergaß er das Venn.

Er fühlte dumpf: sie, die da wohnte, draußen in der ungeheuren Weite, die mit den schweren, nachtdunklen Flügeln, die senkte sich auf ihn.

Er hätte gern geklagt, aber er wußte nicht, was er klagen sollte. – –

Jetzt war die schönste Zeit fürs Venndorf gekommen: die Heide blühte, und dazwischen reiften die Preiselbeeren. Die Schule hatte Ferien gegeben, damit alle, alle hinauslaufen konnten und von dem köstlichen Obst einsammeln. Trüppchen von Kindern und Alte, die nichts Rechtes mehr daheim nutzten, und auch Weiber, die sonst wacker in Haus und Hof schafften, alle zogen aus.

Das Gras war noch taubeperlt, die schwarzen Ginsterstauden trugen noch Schleierhauben von silberigem Reifgespinst, kühles Wehen jagte die Nebelfetzen, die noch überm Moor lungerten, vor sich her und hängte sie niederwärts den dunklen Tannen der Richelsley zwischen die Äste. Mit nackten Füßen gingen die Beerensucher ins feuchte Kraut: nur Beeren finden, Beeren, das Holzmaß voll, das ihnen am Halse hängt, die Eimer voll, die sie mitschleppen! Der Herr Lehrer drüben von Kalterherberg schickte die Vennbeeren in die ganze weite Welt und sie kriegten's Geld dafür.

Weit über das Venn hin sah man die halbgebückten Gestalten der Weiber sich scharf abheben vom hellichten Äther der sie umfloß. Und in der Mittagssonne, die so mörderisch brennt, weil kein deckender Bergrücken, kein schattender Wald ihre Strahlen auffängt, hockten die Kinder am Boden, mit beiden Händen reife und unreife Beeren der roten Träubchen abstreifend und in ihr Mäßchen raffend.

Großmutter Leis hatte dem Gerret auch ein Maß umgehängt und ihn zum Sammeln ausgeschickt. Aber er kam ohne Beeren zurück. Das Venn hatte im Sonnenglast seltsam geflimmert; und als er ein Stück hineingeschlichen war, so weit, daß die Schornsteine der Gehöfte hinter den Hecken versanken, als er nichts mehr sah als Venn, Venn und den leeren Himmel darüber, da hatte er sich nicht weiter getraut. Da war er stehen geblieben und hatte die Beeren nicht gesehen, die am Boden blinkten. Gestarrt hatte er, immer gestarrt, bis das Sonnenlicht vor seinen Augen schwarz wurde. Und dann hatte er Fersengeld gegeben und war zurückgerannt bis zu seiner Hecke, hatte sich dort niedergeworfen und die Augen fest zugekniffen. Und doch zwang es ihm wieder die Augen auf – er mußte sehen, unverwandt hinsehen auf diesen grausamen Glanz und Glimmer.

Nun sollte er mit den anderen Kindern gehen, und zwar am Nachmittag, wenn die Sonne nicht mehr so brannte. Der Huppert und der Karel wußten eine gute Stelle; sie nahmen Gerret in die

Mitte. Ein ganzer Schwarm folgte noch hintennach: der Klos und die Lies, die Zuphie und die Anne-Kathreng.

Auf Kaiser Karls Bettstatt zu ging der Marsch, eine halbe Stunde weit. Der Huppert führte nicht immer gerade den besten Weg, den kenntlich-getretenen Pfad zwischen den Mooren; rechts und links ab schweifte er, und sie patschten und quatschten. Aber lustig war das, selbst Gerret lachte; die fröhlichen Kinderstimmen verscheuchten das Grauen.

Ihre Maße waren bald voll. Da krochen sie auf den großen Stein, der, breit und massiv, mitten im Venn hingelagert, der Sage nach einst Karl des Großen, als der sich auf der Saujagd im wilden Moor verirrt, zur Bettstatt gedient hatte. Nun hockten die Dorfkinder darauf und baumelten mit den bloßen Beinen.

Sie schrien, als sie den Sonnenball wie ein ungeheures Feuer im tiefen Violett des Venn verlodern und das Blau des Himmels und die weißen Wolkenschiffe von züngelnden Flammen verzehrt sahen, jenes uralte Lied in den Abend hinein, das gesungen wird, wenn man am ersten Fastensonntag die Strohpuppe verbrennt:

»Strüh, Strüh –
Die Ahlt öss verbrannt,
Die Neu könnt ent Land!«

Alle rutschten vom Stein herunter, faßten sich an den Händen und tanzten einen mutwilligen Ringelreihen um den langsameren Gerret. Der Huppert packte ihn bei den Schultern und drehte ihn herum, so geschwind, so rasend rasch, daß ihm Sehen und Hören verging, daß er schwindelig wurde und, halb lachend halb zeternd zu Boden taumelnd, die Augen schloß.

Als er wieder klar sehen konnte, waren die Kinder fort. Er rief nach ihnen – ein Kichern antwortete. Dann hörte er nichts mehr. Ihre Maße hatten sie mitgenommen; auch sein Maß. Und nun war es auf einmal Nacht.

Gerret fühlte seinen Atem stocken, aber er schrie noch, schrie: »Huppert! Klos! Karel! Ka-rel!«

Ein langes Hallen echote nach.

War da jemand?! Er rannte um den Stein herum – huh, da war das Grauen, das Venn selber! Und es sagte: ›Still!‹

Der Knabe wagte keinen Laut mehr. An die steinerne Bettstatt gedrückt, kauerte er sich nieder und riß die Augen weit auf.

Seine Gedanken jagten: wenn er jetzt fortliefe, rasch, rasch?! Ach, er konnte ja nicht! Eine Faust reckte sich aus dem Boden und hielt ihn fest. Wild pochte sein Herz gegen den harten Fels. Und wie kalt war der!

Gerret fror, daß ihm die Zähne klapperten. Seine nackten Füße waren ganz erstarrt und seine Hände auch.

Ob sie ihn nicht vermissen würden zu Haus? Ob sie ihn nicht suchen würden, holen kommen würden, der Großvater oder die Mutter?!

Ein Schluchzen würgte ihn, aber er traute sich nicht, laut herauszuweinen; nur seine Lippen zitterten.

Jetzt konnte er gar nichts mehr denken; alles war weg. Nur nicht das Venn, das Venn.

Unermeßlich war das, größer als die ganze Welt. Immer sah er's, auch wenn er die Augen schloß – nein, nicht zumachen, lieber sehen, sehen was da geschieht!

Die Fledermäuse huschten auf; aus den Ritzen und Spalten der Bettstatt flatterten sie und streiften dem Knaben das Gesicht. Aber die schreckten ihn nicht – die waren ja lebendig – nur das Starre, das Tote, das vor ihm lag, entsetzte ihn. Es war tot und hatte doch eine Stimme – es war ein Gespenst!

»Gerret! Gerret!«

Er glaubte flüstern zu hören; durch die Nacht ging ein Raunen.

Jetzt hörte er's noch deutlicher: »Gerret! Gerret!«

Er machte sich so klein, als er nur konnte, zog die Beine ganz unter sich und quetschte den schlanken Körper in eine Rinne des Gesteins. Daß es ihn nur nicht fand – weh, o weh!

Weiße Nebel rückten heran und streckten die Hände nach ihm aus. In höchster Not irrten seine Augen empor. Am gleichmäßig dunklen Himmel, schwarz gefärbt wie ein Trauertuch, flinzelten Sterne. Und ihrer immer mehr kamen; in einer ungeahnten Pracht, in einer wunderbaren Fülle, in goldenem Reichtum lächelten sie nieder. Nebel nahmen auch diesen Trost. Sie reckten sich empor und rissen die Sterne herunter und vergruben sie in die schmutzigen Wasserlöcher des Moorlandes.

Die armen Sterne, konnten die auch nicht entfliehen?! Hier – da – dort blinkte ihrer noch einer auf, huschte hin und her, tauchte unter, tauchte wieder empor wandte sich nach rechts, nach links, vor, zurück, unruhig-zuckend, zittrig-züngelnd – weh, das waren die Treulichter, die den Wanderer in den Sumpf locken! Die schickte das Venn nach ihm aus, die sollten ihn holen!

Gerret warf sich zu Boden und krampfte sich mit beiden Händen in die zähen Sträuchlein des Heidekrauts. Nein, nein, er ging nicht mit, er wollte nicht kommen!

Jetzt schrie ein Nachtfalke, nun ein Uhu. Der Knabe fühlte ein Wehen über sich von schweren Flügeln; lautlos senkten sie sich herab. Kein Entrinnen – schon fühlte er ihre Last – nur ein weniges noch, jetzt – jetzt schlugen sie über ihm zusammen.

»Hilf'!«

Die Angst des Todes öffne Gerrets stumme Lippen, sein verzweifelter Hilfeschrei gellte übers Venn.

Lennert Leis, der ausgezogen war den Enkel zu suchen, als der mit den andern Kindern nicht heimgekommen war, hörte den Schrei von Kaiser Karls Bettstatt her schallen und im spottenden Echo des nächtlichen Venn widerhallen. War das Gerrets Stimme oder war sie es nicht?! So hatte der Junge noch nie geschrien. Der Großvater tappte noch einmal zum Stein zurück, sich mit der Stallaterne leuchtend, und suchte, wo er schon einmal gesucht hatte und rief wie er schon vorhin gerufen hatte.

Jetzt fand er den Knaben endlich, platt auf den Boden hingestreckt, ganz vergraben im Heidegestrüpp.

»Du Necksnotz, du Döppe, du Killefitz, du jrueß Kalleb, kannste net Antwort jöwen?!« Großvater gab dem Jungen einen gehörigen ›hinten vor‹; er wollte es ihm wohl austreiben, alte Leute zu vexieren! Aber dann mußte er ihn sich doch auf den Rücken laden, denn Gerret war nicht imstande zu gehen. Seine Füße waren wie gelähmt. Er weinte nicht, er sagte kein Wort, aber aus seinen weit aufgerissenen starren Augen sprach eine solche Angst, daß er zu Hause die Prügel nicht bekam, die ihm eigentlich noch zugedacht waren. –

Nun ging Gerret nicht mehr Preiselbeeren suchen. Er war nicht gerade krank, aber auch nicht gesund und noch stiller als zuvor. Die Großmutter ließ sich's nicht nehmen: dem war was angetan! Da sie das zum Manne nicht sagen durfte, sagte sie es zur Tochter; und Drück lachte jetzt auch nicht darüber, wie sie vielleicht unten in der Stadt darüber gelacht haben würde, sondern sie machte ein ganz betroffenes Gesicht. Aber dann faßte sie eine ärgerliche Scham: so ein Schlappjeh, wie kam sie nur zu dem?!

Die Großmutter machte es sich jetzt zur Pflicht, alle Wochen mindestens einmal mit dem Gerret beten zu gehen, niederwärts nach der Richelsley, dem Riesenstein im Venn, wo – größer als ein Mensch – das wundertätige Muttergottesbild in bunten Gewändern im Felsspalt steht.

Es war ein weiter Weg dorthin, und sie hatten nicht einmal Schatten. Das Heidekrant war auch schon verblüht, dürr und braun raschelte es um ihre Füße, und die harten Farne färbten sich bereits gelb.

Nur die Tannen um die Ley waren noch grün, aber so dunkelgrün, daß sie fast schwarz, wie in Trauer standen. Das Kind empfand nicht den heimlichen Zauber, der sich zwischen ihnen spann, zarter als die weißen Fäden, die der scheidende Sommer ihnen an die Nadeln hängte. Das Kind fürchtete sich vor diesen einsamen Bäumen, die nicht mit Blättern rauschten; vor diesen stummen Wächtern einer ungeheuren Einsamkeit.

Den ganzen Weg betete die Großmutter, leis murmelnd, an ihrem Rosenkranz, Kügelchen rollte auf Kügelchen; wenn sie mitunter sich verpustend, stehenblieb, drängte sich Gerret dicht an ihren Rock. Und wenn sie ins nächtige Dunkel der Tannen eintraten, dann faßte er ihre Hand und ließ sich, stolpernd, mit widerstrebenden Füßen, voranziehen. Und wenn ihn dann die Großmutter neben sich knien hieß auf das schmale Betbänkchen, das vor dem von frommen Händen mit Papierrosen umkränzten Felsspalt angebracht war, und wenn dann die Muttergottes auf ihn niederschaute mit ihren großen blauen Augen und das sternbesäte Gewand ihr schön auf die Füße fiel, so fand er doch kein Gebet. Die Heilige stand in einem starren Felsen, der sich wie eine schwarze Grabesgruft über ihr wölbte, und die Rosen, die in jedem Windhauch knisternd raschelten, dünkten ihn Totenblumen.

Regungslos kniete Gerret neben der emsig betenden Großmutter. Er hielt wohl auch die Hände, zum Gebet zusammengelegt, an die Lippen, aber keine Andacht kam in seine Seele, obgleich die Tannen rundum herrlicher dufteten als all die Altarkerzen drüben zu Kalterherberg im Eifeler Dom. Verloren blickten seine Augen. Und wenn ihn dann die Großmutter am Ärmel zupfte oder ihn anstieß, zum Aufbruch mahnend, dann erschreckte er sich so, daß er lallte.

Die Bittgänge zur Richesley nutzten nichts; nun würde auch die Muttergottes im Stein bald zugeweht werden von Schnee. So gaben sie das Beten auf; wenn's wieder lenzte, würde man auch wieder damit anfangen. Ein paar alte kluge Frauen sprachen von Echternach, drüben im Luxemburgischen, wo sie zu Pfingsten springen gegen allerlei Not, vorzüglich gegen die fallende Sucht bei Mensch und Vieh; aber Drück eiferte dagegen: ihr Gerret war doch kein Epileptischer oder ein mit dem dem Veitstanz behafteter! Die frommen Brüder zu Mariawald im Trappistenkloster, die das Gelübde ewigen Schweigens abgelegt haben, die würden gewiß ihren stummen Gerret am besten verstehen! Dahin wollte sie ihn denn auch bringen, wenn das Frühjahr kam. Deren Segen würde ihn schon auferwecken!

Und Gerret, der von der Wallfahrt nach Mariawald sprechen hörte, öffnete diesem Gedanken sein Herz. Er fühlte etwas wie Hoffnung aufsteigen in der dumpfen Schwere seiner Tage. Wenn der Winter doch erst vorbei wäre! Dann zog er an der Mutter Seite gen Mariawald – er lispelte das Wort in seinen Träumen: ›Mariawald, Mariawald‹ – dahin konnte ihm das Venn nicht nach!

Aber vorerst gab's Schnee. Und der lastete auf dem Venndorf so schwer wie seit Jahren nicht. Man konnte nicht zueinander gelangen; nicht bis zum nächsten Hof. Inseln gleich schwammen die einsamen Gehöfte im uferlosen Schneemeer des Venn.

Die Kinder konnten nicht zur Schule gehen. Da gewöhnte sich Gerret das Sprechen ganz ab. Es hatte auch niemand Muße, ihm die Worte rauszuziehen; die Großmutter hatte Gliedweh, lag im Bett mit doppelt und dreifach umwundenem Kopf und Lennert Leis und seine Drück hatten genug zu tun, um bei dem harten Winter das alltägliche Leben zu beschaffen. Oft brüllte das Vieh vor Hunger; denn allnächtlich verschneite immer wieder das Pfädchen, das mit Mühe vom Haus zum Stall gebahnt worden war und vor den Türen türmten sich Wälle.

Jetzt war auch die Hecke kein allmächtiger Schutz mehr; das Venn mit seinen Schrecken war hereingekommen, noch dichter zu den Menschen.

Und Gerret zitterte. Er wagte nicht laut aufzutreten: daß es ihn nur nicht hörte, daß es ihn nur nicht hörte! Er wagte nur noch zu schleichen, den Rücken gebückt, den Kopf zwischen die Schultern gezogen. Die Furcht verließ ihn einzig und allein, wenn er schlief und wenn's nur ein Duseln war, in das er versank, so tat es doch auch schon gut. So schlief er mit offenen Augen, beim Gehen und Stehen, beim Essen und Trinken – schlief immer.

Als der Winter endlich vorbei war, wachte Gerret noch einmal auf. Die erste Lerche schwang sich vom tauenden Vennrain trillernd in die Höhe, und: ›Mariawald, Mariawald,‹ das war das Wort, das ihn weckte. Das war wie der Gruß des Lenzes, der die erstarrte Erde zum Leben ruft.

Nach Ostern, am ›Weißen Sonntag‹ hätte Gerret eigentlich wie seine Altersgenossen zur ersten heiligen Kommunion gehen sollen – das Alter dazu hatte er – aber der geistliche Herr stellte ihn noch um ein Jahr zurück. In einem Jahr war's vielleicht besser mit ihm geworden! Jetzt war er noch gar zu unverständig, zu wenig reif für die heilige Handlung, auf keine Frage wußte er zu antworten, saß immer als Letzter auf der letzten Bank und kaute an seinen Nägeln.

›Mariawald, Mariawald!‹ Sprach die Mutter hiervon, so röteten sich des Knaben Wangen. Großvater kaufte ihm zu Montjoie einen staatsen Anzug aus Buckskin, dem besten Tuch, das daselbst fabriziert wird; und auch Drück legte ihr bestes Gewand – das Trauerkleid war's um ihren Mann selig, das sie sonst nur zum

Hochamt trug – zur Wallfahrt an. Essen und Trinken nahmen sie mit, denn der Fußpfad längs der Roer ist einsam, und einkehren wollten sie nur bei der Möhn zu Wollseifen, wenn der Gerret etwa gar zu müde werden sollte vom vielstündigen Marsch.

Aber Gerret brauchte keine Rast. Er eilte, er lief, daß die Mutter kaum Schritt halten konnte, er sehnte sich so nach Mariawald. Da würden die frommen Mönche schon wissen, was ihn krank machte, besser, als es einstmals der Herr Doktor zu Montjoie gewußt hatte!

Als sie im Kermeter wandelten, dem großen Forst, der Kloster Mariawald umschließt, versuchte er ein Pfeifen. So hell war ihm noch nie eins geglückt. Die Mutter horchte verwundert auf: war's möglich, ihr Gerret konnte so schön pfeifen?! In steigenden und fallenden Rhythmen schwebte eine heilige Weise empor zu den vielhundertjährigen, nun neu knospenden Buchenwipfeln. Da wollte auch sie nicht zurückbleiben, ließ das murmelnde Rosenkranzbeten und erhob ihre Stimme zu dem Pilgerlied, das die Prozessionen singen.

Also singend und flötend erreichten sie rasch die Klosterpforte. Da waren noch andere Bittgänger, die draußen lagerten. Drück wollte anschellen, aber die andern unterwiesen sie: jetzt sei nicht die Stunde für Pilger, jetzt beteten die da drinnen in ihren Zellen in stiller Andacht. Um sieben Uhr abends erst werde wieder aufgetan. Und Weibspersonen sei überhaupt der Eintritt verboten, die dürften nur in der Kirche hinter dem Gitter des Vorraums knien!

Drück ergoß sich in Klagen: erst um sieben wurde wieder aufgemacht?! Jesus, da war's ja schon Abend, wie fand sie dann im Dunkel des Waldes zur nächsten Ortschaft zurück?! Aber was half's, sie mußte doch warten, ihrem Jungen zuliebe.

Ratlos irrte sie mit dem Knaben um die Klostermauer. Sie kamen auch an die Kirchenpforte. Die war offen, aber ein dichtes Gitter entzog das Innere neugierigen Blicken. Und so still war's, so totenstill, daß man den eigenen Atem, schreckhaft laut, hörte. Kein Mensch war zu sehen. Drück bekreuzte sich: hier wars wie ein Kirchhof! Auch der Wald rundum rührte sich nicht; er hatte noch keine Blätter und streckte die zartgrauen

Äste und Ästchen der Wipfel wie Silberfiligran regungslos in den regungslosen Äther.

Gottlob, endlich was Lebendiges. Dort auf dem Acker, den man dem Wald abgewonnen hatte, dort, hinter dem Pflug her, ging eine Gestalt in brauner Kutte, barhaupt und barfuß. Das war einer aus dem Kloster. Schnell ging Drück auf ihn zu, aber der Schweiger wandte noch schneller sein Haupt und zeigte sein Antlitz nicht.

Da hieß Drück ihren Gerret hinlaufen und dem heiligen Bruder die Hand küssen. Und der Knabe lief.

Nun hatte er ihn erreicht – nun war er dicht vor ihm – beugte die Knie, stammelte atemlos sein frommes: »Gelobt sei Jesus Christus!« – blickte bebend und rot, heiß vor Erwartung, klopfenden Herzens, voll seliger Spannung dem Helfer, dem Retter, dem Erlöser entgegen – da – ein stummer Gruß! Und jetzt – ach, jetzt ein Angesicht das Gerret nur zu genau kannte.

Da war dieselbe unermeßliche Einsamkeit, die ihn immer anstarrte, alltäglich, stündlich. Dieselbe starre Öde. Dieselbe ewige Traurigkeit.

Zitternd fuhr Gerret zurück von dem Antlitz des Mönches – weh, auch hier war das Venn, das Venn – – – – – – – – – – – – – – Die Wallfahrt nach Mariawald hatte nichts genutzt, ebensowenig wie die Bittgänge zur Richelsley. Der Junge war womöglich noch schlimmer heimgekommen. Und Drück hatte sich's doch nicht verdrießen lassen, bis zum sinkenden Abend zu warten, inbrünstig betend; und hatte dann den Knaben segnen lassen und eine Spende in die Büchse bei der Pforte – ›fromme Gaben für das arme Kloster Mariawald‹ – gesteckt, eine Spende, fast über ihre Kraft. Kaum heimgebracht hatte sie den Gerret am anderen Tag. Führen hatte sie ihn müssen den ganzen Weg; er hatte die Füße gesetzt wie ein kleines Kind, das erst das Gehen lernen soll, oder wie ein ganz Alter, der das Gehen schon wieder verlernt hat.

Und so blieb es mit ihm. Er wurde nicht mehr munter. Als der Großvater an seiner Hecke schaffte, die jetzt in neuer Lebensfülle trieb und schoß, sah der Enkel stumm dabei zu. Und als der Großvater fertig war mit Schneiden und Binden und Ausholzen und Basteln, und als die Hecke über und über grünte, fein sorglich beschoren auf den Strich, setzte sich Gerret wieder in ihren kargen Schatten, wie einst im ›Botzekleid‹, und starrte mit blöden Augen aufs weite, weite Venn, das kein Ende hat,das sich streckt bis in die Ewigkeit.

Und sie, die da wohnt auf dem Venn, die mit den schweren, schwarzen Flügeln, nahm des Kindes Seele.

Und das Venn tat bald sein Maul auf und nahm auch des Kindes Leib.

* * * * *